密命狩り

箱館奉行所始末3

JN287133

森 真沙子

時代小説
二見時代小説文庫

目次

箱館奉行所始末3・主な登場人物

箱館奉行所《はこだてぶぎょうしょ》……享和《きょうわ》二年(一八〇二)、将軍家斉《いえなり》の世に、それまで松前藩《まつまえはん》に委《ゆだ》ねられてきた広大な蝦夷《えぞ》は幕府の天領《てんりょう》(直轄地)となり、箱館に初めて奉行所が開かれた。ロシアが軍艦を率いて開国を迫ったのは、箱館奉行所が開かれた直後だった。この奉行所は二十年続いたが閉鎖され、再び開かれたのは三十年後の安政《あんせい》元年(一八五四)。この奉行所を守るために幕府は十八万両をもって日本初を誇る堂々たる洋式城塞・五稜郭《ごりょうかく》を築いたのである。ペリー来航の圧力であった。

小出大和守秀実《こいでやまとのかみひでざね》……箱館奉行所第九代の奉行。二十九歳で奉行に抜擢《ばってき》されたのは、神奈川宿で起きた生麦《なまむぎ》事件の際、御目付外国掛として英国領事との交渉に立ち合った手腕を買われてのこと。少壮気鋭の知的で精悍な人物。

支倉幸四郎《はせくらこうしろう》……本シリーズの主人公。五百石の旗本支倉家を継いだばかりの二十三歳で箱館奉行所の支配調役《しらべやく》として蝦夷に渡る。剣は千葉道場で北辰一刀流《ほくしんいっとうりゅう》の腕。小普請組《こぶしんぐみ》から外国奉行の書物方に任じられて二年めに、箱館行きを命じられた。小出奉行のもとで様々な事件に出会う。

密命狩り——箱館奉行所始末3

プロローグ

「……支倉《はせくら》幸《こう》四郎《しろう》にございます」

　奉行詰所の前で幸四郎は言った。少し息が弾《はず》んでいた。

　ある農地を馬で見分《けんぶん》するべく野袴《のばかま》に着替えたところへ、奉行の至急のお召しである。脱いだばかりでまだぬくもっている袴をつけ直し、飛んできた。

　江戸出張から戻って間もない、慶応《けいおう》二年（一八六六）の三月下旬。長廊下には、煌《きら》めくような明るい日差しが踊っている。

　春が、この海峡の町まで追いかけてきたようだ。

「入れ」

やや高い声を聞いて、中に躙《にじ》り入る。

炭火が燃える大火鉢で、鉄瓶《てつびん》がしゅんしゅんと音をたてていた。幸四郎は正座して次の言葉を待ったが、奉行は書類に目を通していてなかなか顔を上げない。

箱館《はこだて》奉行小出大和守秀実《こいでやまとのかみひでざね》、三十三歳。在任四年めになる。

亀田《かめだ》の五稜郭《ごりようかく》内にある奉行所は、まだ木の香も新しい。

一昨年まで海に近い箱館山の麓にあったが、軍艦からの射程距離内だったため、内陸に七年がかりで堅牢な洋式城郭と新庁舎が築かれ、引っ越したばかりである。

長く北方の警備を侮《あなど》ってきた徳川幕府は、異国の脅威に迫られてやっと箱館に奉行所を開き、長い遅れをとり戻すかのように、優秀な旗本を次々と送り込んだ。

小出はそんな生え抜きの一人で、外国掛目付《がいこくがかりめつけ》として〝生麦《なまむぎ》事件〟に立ち会い、その功により二十九で箱館奉行に抜擢《ばつてき》された。昨年は、この箱館でイギリス領事館員による〝アイヌ墳墓盗掘事件〟が起こり、奉行は、治外法権下にも拘《かか》わらず裁判を要求し、奪われた全骨の返還に導いて、幕府の面目をほどこした。

「……その方、蝦夷《えぞ》の山を歩いたことがあるか」

自分のことを忘れてしまったのではと不安になる頃合い、突如そんな言葉が降ってきた。

「いえ、駒ヶ岳《こまがたけ》に一度、視察に入った程度でございます」

駒ヶ岳は内浦湾《うちうらわん》に面したまだ新しい活火山で、山頂近くでは地面が恐ろしいほど熱かったのが思い出される。

「ふむ、大千軒岳《だいせんげんだけ》はどうか」

「は……」

にわかに胸の鼓動《こどう》が高まった。奉行はのどかな登山の話をしようとしているのではない、と悟ったのだ。

大千軒岳とは、松前《まつまえ》から北へ四里、松前半島の中央に折り重なって連なる中央分水嶺の主峰である。

幾つもの峰を従えて悠揚《ゆうよう》迫らぬ山容を見せるが、近づくほどに谷は深く切れ込み、ブナの原生林に覆われて原始の姿を見せ始める。

こうしたブナや楢《なら》の密生地は、ドングリが大好物のヒグマの生息地でもある。

昔は鬱金嶽《うこんだけ》と呼ばれた金の山で、この連山から流れ下る知内川《しりうちがわ》、大沢川《おおさわがわ》流域には砂金が大量に採れたという。

「大千軒岳には、登ったことはございませんが……」

語尾を濁しつつ、以前何か不穏な噂を聞いたことがあるのを思い出そうとしたが、よく覚えていない。

「あの地に〝ほうき星〟が現れた」

「ほうき星？」

幸四郎は唾《つば》を呑み込んだ。また何の謎かけだろうか。

「そなた、久留津《くるつ》という名を知っておるか」

奉行は顔を上げ、濃い一文字眉の下からひたと幸四郎を見た。

「いえ。何者ですか」

「三年前まではれっきとした松前藩士だった」

いささかもの憂げに、奉行は言った。

「勘定目付《かんじょうめつけ》までつとめた能吏だったが、ある日突然、藩役人ら三人を斬り殺し、追いすがった警備兵にも怪我を負わせて逃亡した」

藩を挙げて捜索したが、杳《よう》として消息は掴《つか》めなかった。

ところがこの一、二年前から、ある噂《うわさ》が立つようになった。渡島《おしま》半島南西部のコタン（アイヌの村）に、絶大な力を持つ和人がいて、アイヌの人々に知恵をつけているらしいと。

それは久留津ではないか、と囁《ささや》かれ始めた。存命ならば、当年三十五歳になる。

久留津出現の報に藩は色めき立ち、目撃された江差《えさし》の南、上之国《かみのくに》に密偵を放って探らせ、まさにそうであることを確認した。

すぐ討伐隊《とうばつたい》が差し向けられたが、久留津は険《けわ》しい大千軒岳山中に潜んで、点々と場所を移動し、一向《いっこう》に居場所が摑めない。あげくに討伐隊は、アイヌの若者によって深い山中に誘い込まれ、トリカブトの毒矢に射られて全滅した。

以後、何度も兵が山中に入ったが、結果は同じだった。

「藩は怖《お》じ気《け》づき、今は放置したままの有様《ありさま》なのだ」

小出奉行は言った。

「一つお尋《たず》ねします」

幸四郎は思わず口にした。

「その者は一体いかなる理由で、左様な蛮挙《ばんきょ》に走ったのですか」

「ふむ、松前藩の報告では、〝乱心〟という……」

奉行は、先ほどから見入っていた書状を差し出した。手に取って表紙を見ると、〝久留津辰之助《たつのすけ》調書〟と記されている。

「知っての通り、あの山は松前と天領との境にある。先般、門馬《もんま》なる土佐浪士《ときろうし》が捕われたが、今後また誰が松前から潜入し、かの久留津と結んで、倒幕の拠点にしないとも限らない」

「御意《ぎょい》にございます」

「さらに問題なのは、北からの潜入者だ。最近、カラフトアイヌが久留津の支配地に現れ、親しく会合していたという報告がある。連中にはロシアと通じている者もおるから、蝦夷アイヌと結んで乱を起こせば、ロシアの南下を助けることにもなろう」

「御意……」

ロシアに対する小出の危機感は、今に始まったことではない。

カラフトは北蝦夷と呼ばれ、我が国の領土とされていたが、ロシアは強行に南下してきた。この二月には久春内《くしゅんない》に置かれた番所を襲い、箱館奉行所の役人を捕らえる事件まで起こしている。

「久留津のいたずらな放置は危険千万。これ以上、松前藩には任せておけぬゆえ、わが奉行所が討伐を行うと緊急に決まったが、問題は誰に申し付けるかだ。どうだ、その方、やってみないか」

「はっ」

鳩尾《みぞおち》のあたりがキュッと縮むような心地がした。

この軟弱な自分が、かような荒仕事を……？

剣術の腕はたゆまず磨いてきたし、砲術、新式銃の扱いも学んだが、いわゆる武闘派ではない。一軍を指揮したような経験もない。

ただ、小出奉行の胸中は察して余りあった。

日を追って内地から届く報は、幕府の威信凋落《ちょうらく》を伝えるものばかり。北からは、刻々とロシアの南下と、その横暴を伝えてくる。

だが幕府は来たる長州戦《ちょうしゅうせん》に総力を集中していて、国境問題などに耳を傾ける余裕がない。それを奉行は口惜しがり、このままではカラフトはロシアに盗まれる、と懸命に訴え続けてきたのだった。

「支倉、命に代えて不届き者を成敗《せいばい》したく存じます」

幸四郎は、そう言っていた。

「ふむ。ただ、任務は極秘である。これは奉行の命《めい》ではあるが、奉行所の記録には残らぬものと心得よ」

「はっ」

「以後、久留津の名は〝ほうき星〟の符牒《ふちょう》で呼ぶことに致す。手勢は少数に絞り、外部から集めよ。決行は四月初めとして、遅くとも十日までには戻れ。事情を知っているのは、福嶋屋《ふくしまや》の嘉七《かしち》と、松前藩目付だ。何かと便宜を計ってくれよう。質問はあるか?」

「ほうき星の身柄は、いかが致すのですか」

「申し付けるのは身柄の捕縛ではない。始末だ」

「はっ」

「ただし目指すはほうき星のみだ。やむを得ぬ場合のほか、アイヌと事を構えてはならぬ」

ちなみに大千軒岳とは——。

二〇一四年五月に廃線になった〝江差線《えさしせん》〟が、その裾野近くを走っていた。

それは五稜郭駅から木古内《きこない》を経て、江差まで至る在来線だが、この平均乗客数は、北海道のローカル線でも随一の少なさだったという。

それもそのはず、列車が横切る渡島半島南部は、山また山の秘境なのだ。その秘境の只中《ただなか》にそびえるのが、大千軒岳である。

江差線には筆者も乗ったことがあり、車窓の南側に連なる奥深い山々を、仰ぎ見る思いで眺めた覚えがある。

標高千七十二メートル。高山としてはさしたる高さではないが、松前半島では最も高く、ブナの原生林に覆われて、美しくも奥深い。砂金の産地でもあり、隠れキリシタンの隠棲地でもあったことから、今もミステリアスな伝説に彩《いろど》られている。

大千軒岳の名も、二代将軍秀忠《ひでただ》の時代、黄金伝説に魅せられた人々が内地から金掘りに押し寄せてきて、千軒以上の小屋がひしめいたことに由来するという。

だが三代家光《いえみつ》の代に、松前藩によるキリシタン鉱夫の大虐殺があってから、金はぱったり採れなくなり、廃山になったと伝えられる。

第一話　馬名人

一

箱館山に点々と白く咲いているのは、コブシの花だろう。

百花繚乱《ひゃっかりょうらん》……にはまだ間があるが、陰暦三月の箱館は晴れる日が多く、海や空の色も明るくなって、心ときめく季節だった。

湾に沿って伸びる大町《おおまち》通りは、待ち焦がれた柔らかい春陽を楽しむ人々で、大賑わいである。

支倉幸四郎もまた、この大町通りを騎馬で進んでいた。運上所《うんじょうしょ》まで出向いた帰りで、従うのは若い下役二人。

開港から十二年後のこの慶応二年、行き交う人々は日本人より異人が多かった。耳を澄ませば、飛び交う会話は数カ国語に及んでいる。

そんな雑多な言葉の中を、ひときわ威勢のいい日本語が響く。

「はい、ご免よご免よ……」

と異人達の巨体をかいくぐって、大八車《だいはちぐるま》を引いて駆け抜ける若い衆の声である。

この町ではさほど珍しい光景ではない。

二千人たらずだった箱館村の人口が、一万五千人まで膨《ふく》れ上がり、ここまで繁栄した陰には、その発展に尽力してきた商人がいる。

開港前の文化文政《ぶんかぶんせい》の頃は、高田屋嘉兵衛《たかだやかへえ》だった。

開港以後は、福嶋屋嘉七である。

幸四郎は今、その海産物問屋『丸十《まるじゅう》・福嶋屋』に向かっている最中で、長く続く白い海鼠塀《なまこべい》の先に、丸十と染め抜いた幟《のぼり》が見えていた。

近くまで馬を進めて来た時、ふと人混みが割れ、いきなり馬車が飛び出してきた。見ると、馬車が出て来たのは福嶋屋の馬寄せのある路地からだ。

「どうどう、どう……」

一人の若衆が威勢のいい声を上げながら、荷をどっさり積んだ〝洋式荷馬車〟を駆り、ガラガラガラッ……と人を跳ねかねない勢いで、駆け抜けて行く。

ぎりぎりですれ違った大きな車輪が、砂利を跳ね、幸四郎の馬のスネに当たった。

馬は驚いて鬣《たてがみ》を振り、棒立ちになりそうなところを、騎乗の幸四郎が手綱《たづな》を引いてなだめた。

すると後から跑足《だくあし》で従ってきた下役の杉江《すぎえ》が、

「待て、狼藉者《ろうぜきもの》……」

と叫んで馬の腹を蹴り、追いかけて行こうとした。

「よいよい、追うな」

幸四郎は手を振って追跡を止め、埃《ほこり》がもうもうと舞う彼方を、眉を吊り上げてしばらく見送った。

中腰で手綱を握り、周囲には目もくれず走り去った傍若無人《ぼうじやくぶじん》の馬丁《ばてい》は、どうも福嶋屋手代の小野儀三郎《おのぎさぶろう》ではなかったか。

幸四郎が今、会おうとしていた若者だ。

その儀三郎は一年前に江戸からやって来て、亀田の桔梗野《ききようの》で、馬を飼い始めた。だがまだ馬市に出せる段階でもなく、生活が立ち行かないため、奉行所の仲介で福嶋屋に奉公し、海産物の集荷掛《がかり》をつとめているのだった。

この若者は、馬の扱いに秀でており、馬術の天才とたいそう評判が高い。その上、銃の扱いにかけても優れ者という。

それを聞いただけで幸四郎は惚《ほ》れ込み、ぜひともこの小野儀三郎と膝を交えて話したいと思ったのである。

だが何につけ傍若無人らしく、人柄についてはとかく評判が宜《よろ》しくない。実際、今しがたのあの太々《ふてぶて》しさを見ると、どうやら評判は本当のようだった。

周囲の迷惑など念頭にないそうした不遜《ふそん》な態度は、早くから名声を得たり、親の七光《ななひかり》で人にかしずかれて育った若者にありがちだった。

江戸でも、大身《たいしん》の旗本の息子などによく見かけたが、この儀三郎はそれには当てはまらず、武士の出でもなかった。

それなのに、悪評はこの一件に限らない。つい今日の昼飯後にも、こんなことがあった。

「……クマが子馬ば食い殺したそうだ」

カッヘル（ストーブ）を囲んで、役人らがそんな噂話をしていた。

「それはどこだ？」

たまたま通りかかった幸四郎は、それを聞き咎《とが》め、手をこすり合わせつつ割り込んだ。

「亀田の奥ですよ。桔梗野の、ほれ、小野の馬牧場の……」

「小野牧場？」

思わず、カッヘルの熱で赤く火照《ほて》った下役の顔を見た。

「本人は大丈夫だったか」

「いやァ、あの御仁がいたら、クマの方が逃げましたよ」

皆が笑いどよめくのを、幸四郎は少し白けて聞いた。

これから、会いに行く心づもりだった矢先である。福嶋屋主人嘉七に断って誘い出し、近くの小座敷で一杯やろうと思っていた。

「そうか、クマか……」

そう呟《つぶや》いて沈黙した。

幸四郎が支配調役《しはいしらべやく》として箱館奉行所に赴任したのは、二年前のことだが、以来、野生動物の多さには驚かされ続けている。

まずは箱館山のカラスだ。全山カラスに覆われたと見紛《みまご》うほど、空を真っ黒にして山から襲来する。

野犬も多く、夕方過ぎの子どもの一人歩きは危険だった。

さすがに狼やクマは市街地には出ないが、御手作場《おてさくば》（官営農場）の辺りにはよく出没し、囲いを破って家畜を狙う。

江戸の牛込《うしごめ》に暮らす母と弟に出す手紙には、そんなクマや狼や野犬のことを書くことが多かった。そのたびに、未だに信じられない思いがするのである。代々、直参旗《じきさん》本の家系で、生粋《きっすい》の江戸っ子である自分が、日々こんな問題に直面しているとは……と。

そんな自分も、気がつけばすでに二十五。配下には、自分より若い者も増えてきている。

「……小野牧場が狙われたのは、何か理由があるのか」

幸四郎はふと思いついて、訊《き》いた。

「いえ、理由というほどのことはありませんが、あの者は付き合いが悪いんで、情報が届かんのです」

一人がそう答えた。

「顔合わせても、挨拶一つしないって話です」

「あの若者は、馬には優しいが、人には横柄《おうへい》だと評判ですよ」

そう言う者もいて、笑い声が上がった。

どうやらクマ警報が出ても、誰も教えてやらないらしい。村中がクマでもちきりでも、あの若者だけは何も知らない、という事態もあり得るのだった。

幸四郎は考え込んだ。

(やつはヘソ曲がりの嫌われ者だったのか)

馬の扱いにたけ、絹糸一本で馬を操るという小野儀三郎の異能ぶりは、奉行所では知らぬ人はいなかった。

かれがアラブ馬二頭を連れて、箱館埠頭《ふとう》に立ったのは、ちょうど昨年の今頃だった。弱冠二十歳。よく鍛えた筋肉質のしなやかな体つきで、顔は日焼けして浅黒く、ドングリのようにくっきりした目は、いつも挑むような光を放っていた。

かれは馬の品種改良という大志を抱き、新天地を求めて来たのである。すぐに郊外の原野を回って桔梗野が気に入り、奉行所に借地を申し込んできた。

もとより奉行所は和人の畜産を奨励していたから、希望する土地を気前よく貸し与え、儀三郎は馬飼いになった。

かれにとって、この馬飼いになるまでの十代が、すでに立志伝だったと言える。

生まれは、日高様似町《ひだかさまにちょう》幌満《ほろまん》。そこに幌満川という大きな川があるが、かれはその渡守《わたしもり》の倅で、野生馬を友として育ったという。

馬あしらいの巧みさ、利発さを認められ、十三で箱館に出て、十六の年にははるばる江戸へ向かった。

この野生児を引き取ったのは、医師の栗本鋤雲《くりもとじょうん》（瀬兵衛《せへえ》）だった。

栗本は優秀な幕府の御典医だったが、蘭学に興味を示したのを咎められ、箱館奉行所に飛ばされた人物である。

だが箱館にあっても医学所の創建に尽し、小出奉行の下で組頭《くみがしら》に取り立てられた。その功績は江戸にも届き、やがて江戸に呼び返されて、昌平坂《しょうへいざか》学問所の頭取《とうどり》となったのである。

この人物が儀三郎を見込んで、馬丁として使う一方、髄心流《ずいしんりゅう》馬術を教え、かたわら昌平坂学問所で漢学を学ばせた。

儀三郎はやがて小野姓の幕臣の養子となって、武士の身分を得て、幕府の騎兵隊《きへいたい》に入る。ここで武術を身につけて、徳川慶喜《とくがわよしのぶ》の警護をつとめた。

わずか四年間にそれだけのことをこなし、二十歳で新天地を求めて、蝦夷に戻ったのである。だが一般にはそんな過去は知られておらず、もっぱら頭《ず》の高い、無愛想な〝馬飼い〟として通っていた。

「はい、それは儀三郎に間違いございません」

福嶋屋の奥座敷で話を聞かされた杉浦《すぎうら》嘉七は、そのてかてか光る角張った顔に笑みを浮かべ、頭を下げた。鬢《びん》にわずかに混じる白いものが、この人物に苦労人らしい貫禄を添えている。

「しかしよりによって支倉様に、何とまあ無礼なことを……面子《メンツ》を汚されて、さぞご不快だったでしょうな」

「いや、それほど大げさには考えていませんが」

幸四郎は言った。

（砂利を撥ね飛ばし、謝りもしないとはどういう了見《りょうけん》か）

と憤る心中を見透かされたようで、つい苦笑が浮かんだ。

「それはどうも。あれはたぶん箱館一の馬名人ですが、少々偏屈者《へんくつもの》でしてな……」

幸四郎の心中を、嘉七は読み取ったように言った。

「どんな荒馬も乗りこなす男ですが、この儀三郎めは、自分という荒馬を乗りこなすのが下手《へた》なのです」

「なるほど。しかしそれで奉公が勤まっているなら、それなりの働きはあるわけでしょう」

「仰せの通りでして。あれで、なかなか知恵が回るのですよ」

嘉七は笑って言った。

「あの洋式荷馬車だって、儀三郎の意見を入れて、急ぎ作らせたものなのです」

「ほう、洋式荷馬車を」

徳川政権下では、昔から馬車はご法度《はっと》だった。治安上の理由で、車輪の使用を禁じていたのである。

異人らには到底《とうてい》信《しん》じられないことだが、大八車を作るのにも、届け出が必要だった。

だが昨今の開港地では、そんなことは言っていられない。西洋の進んだ機具がどんどん入ってきて、すでに使われている。

その洋式馬車を使えば、集荷や配送が飛躍的に早くなるのが目に見えていた。そこで嘉七は禁を承知で、儀三郎の意見を入れ、馬車を発注したのである。

もちろん届け出たが、すでに事実が先行しているため、奉行所も黙認せざるを得なかった。

さらに儀三郎は、せっかく養子に入ってまで得た士分を、福嶋屋に奉公するにあたって、潔《いさぎよ》く捨てている。これからは武士の時代ではない、という先見性がかれにはあった。そこに嘉七は惚れ込んでいるようだった。

嘉七自身が、士分を捨てて商人になった人物である。十七年前までは松前藩士井原《いはら》忠三郎《ちゅうざぶろう》だったが、初代杉浦嘉七に見込まれ、請《こ》われて二代目嘉七になったのだ。

初代嘉七は、一介の近江《おうみ》商人から身を起こし、蝦夷でも指折りの豪商となった立志伝中の人である。

だがその莫大な身代を引き継ぐべき一人息子が、六歳の孫を残して他界するという一大悲劇に見舞われた。

この危機を、嘉七は、かれにしか出来ない流儀で切り抜けた。

日頃から人品骨柄《じんぴんこつがら》を見込んでいた井原に、亡息の嫁に入婿するよう請うたのである。二人の間でいかなるやりとりがあったものか、井原はこの頼みを受け入れ、町人となった。

二代目嘉七は、初代の目に狂いのないことを証明してみせた。

亡き人の遺児恒次郎《こうじろう》を、我が子として一人前に育て上げたばかりか、資産を増やし、時の奉行村垣淡路守《むらがきあわじのかみ》と組んで、開港に揺れる箱館に大きく貢献したのである。

初代嘉七の血を受け継ぐ恒次郎も、今は二十三。間もなく〝三代目嘉七〟となるはずだった。

そんな異色の経歴を持つだけに、この二代目は腰が低く、万事に柔軟で、武士を思わせるものはどこにもない。

ただ四十半ばになっても痩身で、背筋がいつもしゃんと伸びているのは、武士時代からの鍛錬のおかげだろう。

「あれは、まだ野生児の気分が抜け切らんのです。私から良く言い聞かせましょう」

「いや、格別のことはないゆえ、ご放念《ほうねん》ください」

幸四郎は言った。

だが〝任務〟の件については口にしなかった。本当は、儀三郎を借り受けるためやって来たのだったが、今は考え直すつもりになっていた。

ゆっくり考える時間はないが、馬を巧みに扱える者など、他にもいる。儀三郎でなければならぬ理由はない。

半ば怒りにまかせてそう考えているところへ、嘉七の妻女が、自ら茶を運んできた。

長い着物の裾をさばきながら、女中を従えしずしず入ってくる姿は、なかなか艶《なまめ》かしかった。

豪商の妻であれば、奥向きのこと、特に夫をめぐる女関係に何かと気苦労が絶えないのが常だが、この嘉七には浮いた噂がまるでなかった。妾女も置いていないという。

この妻は色白で、おっとりとして、四十前後とはとても思えぬほど愛らしい。頼もしい舅《しゅうと》と、凄腕の二度めの夫に、手塩にかけて守護されてきたのだろう。

その果報を全身で受け止めているようにふくふくとして、笑みこぼれると、花が咲いたように座が明るくなる。

豪商屋敷の奥でなければお目にかかれぬ存在だろうと、思わず見とれるうちに、妻女はほど良く退散した。

それを待っていたように、嘉七が改まって言った。

「このたびのご任務、ご苦労様でありますな。遠慮なく、必要な物を申しつけてくだされ。出来る限りご用立て致します」

「何が必要なのか、実はそれを伺いに参ったのです」

「なるほど」

嘉七は苦笑し、煙管《きせる》はよろしいですか、と断っておもむろに火を付ける。

「そういえば、儀三郎の馬牧場にクマが出たそうですな」

「里にも出没するとは、驚きました」

「まして大千軒岳では、一番の危険はヒグマです。あの山中では、よく人が襲われておるようで……。仮にあそこが戦場になるなら……優秀な狙撃兵三人より、腕利きの猟師一人をお連れになった方がいいでしょう」

「ああ、そのことですが」

幸四郎は頷いて乗り出した。

「狙撃の腕があり……特にクマに馴れた猟師に心当たりはありませんか？」

「腕のいい猟師は、何人もいますよ。クマの毛皮をよく持ち込んできますから」

すでに心づもりがあるらしく、嘉七は頷きながら煙をゆっくり吐き出した。

「近々にも紹介出来ましょう。ときに、山中にはどのようにお入りになるのですか？」

「今のところ、金掘師《かなほりし》として入るつもりで……ええ、採掘は禁じられているから、お尋ね者になるわけですが。最近の盗掘事情はいかがですか」

「そうですな」

嘉七は少し考えてから、言った。

「松前藩が採掘を禁じて、もう百五十年以上たちますかね。ただ、今もぼちぼち砂金が採れ、盗掘者は絶えないと聞きますよ」

もとより、それを聞き知った上での策である。

松前の山々に砂金がよく産出し、砂金景気に沸いていたのは、寛永《かんえい》年間のことだった。

大千軒岳は金の山であり、その山稜から流出した砂金が、知内川上流や、中流に位置する福島《ふくしま》辺りで寄せ場（採掘場）をなし、採掘の中心となった。

この地域には多勢の金掘人夫が入って、その数は最盛期には住民の何倍にも及んだと言われるほどだったという。

「あのような事件がなければ、どうですかね、まだ金山は続いていたかもしれませんな」

「キリシタン虐殺ですか」

と幸四郎は頷いた。

ちなみに大千軒岳のキリシタン虐殺とは——。

この山には、多勢の隠れキリシタンが、金掘人夫として働いていた。そうした男女信者の中で、百六名が、松前藩によって虐殺されるという事件が起こったのである。

寛永十六年（一六三九）のことだった。

そもそも何故それほどの数のキリシタンが、松前にいたのか。それは松前藩主公広《きんひろ》が、キリスト教に寛大だったからだ。というよりこの若い藩主には、北の辺地に生きる者としての、反幕意識がどこかにあったらしい。

流刑地津軽《つがる》から逃げて来たキリシタンたちを、禁教令を無視して松前に受け入れたばかりか、鉱夫として金山に採用もした

ところが寛永十四年（一六三七）、島原に起こった動乱の余波で、幕府の取り締まりは急に厳しくなった。松前公広は江戸に呼び出され、領内に潜む信者の徹底処罰を命じられる。

領内には多くの信者がいたから、困惑した公広は、流れ者の金掘人夫だけを処刑する……という苦肉の策に出た。

大千軒金山、大沢金山で、合わせて百六名が首を討たれた。

その衝撃と恐怖で、山にいた一般の鉱夫も逃げ散り、新たに入山する鉱夫はいなくなったともいわれる。

続くその翌年、あたかも受難キリシタンの呪いのごとく、渡島半島東部に激震が走った。内浦岳《うちうらだけ》（駒ヶ岳《こまがだけ》）が噴火して、数百人の犠牲者が出たのである。

幾度にもわたって地震が半島を揺るがし、沿岸を大津波が襲った。その影響で地質

が変わり、砂金はぱったり採れなくなってしまった。

これをもって、界隈の金山は廃絶した。

……とはいえまだ、採れてはいた。

というのも、それからほぼ五十年後、元禄《げんろく》十二年（一六九九）のシャクシャインの乱で松前藩のあまりの暴虐に怒ったアイヌが、川を荒らして鮭の遡上を妨害する和人の砂金場を、次々と襲撃したというから、まだ金の採掘は行われていたのである。

だがアイヌの反撃にあい、松前藩は、全面的に砂金採掘を禁止してしまったという。

「……今も砂金は出るのですよ」

嘉七は頷いてみせた。

「昔に比べれば少ないですがね。今でも、一攫《いっかく》千金を狙う山師が、知内川流域をうろついておると聞きますよ」

「ですから、怪しまれずに山に入るには、この方法がいいと……」

「そう、金掘衆が何人か、人目を憚《はばか》りながら川に入ったところで、さほど怪しいとは見えんでしょう。松前藩の見張りも厳しくなく、たとえ見つかっても、砂金を差し出せば放免してくれますから。……そうだ、いいものをお見せしましょう」

呼び鈴を鳴らして番頭を呼び、何事か命じた。かれが急ぎ足で出て行くと、おもむろに煙草《たばこ》の火を落として言った。

「ご多忙中、ちょっとよろしいですかな」

言って立ち上がり、付いてくるよう促した。

広い屋敷を取り巻く廊下を、先に立って奥に進み、曲がりくねってずんずん行く。

どん詰まりの薄暗くひんやりした所は、蔵だった。

番頭がすでにその重い扉を開けてあり、入り口に提灯《ちょうちん》を下げて立っていた。それを受け取って嘉七は、中へ入って行く。

中はカビくさい匂いが充満していて、冷気が溜まって、ブルリとくるほど寒い。提灯をかざすと、暗闇に目が慣れて来て、周囲のものが見えて来た。

そこに積み重なって収納されていたのは、金掘りの用具だった。

「先代が、金掘りに手を染めた時期がありましてね。これが岩を削るタガネ、これは手斧《ちょうな》、鉄梃《かなてこ》、笊《ざる》……」

と一つずつ、使い方を説明していった。

そこで嘉七はふと口調を改め、囁《ささや》くような声で言ったのである。

「実は、私は久留津をよく知っているのです」

「えっ」

幸四郎は驚いて目を上げた。

「久留津は、長く、私の部下だった者です」

「……そうでしたか」

視線が合うと、嘉七の目に何か謎めいた表情が過《よぎ》ったように思えた。蔵の寒さのせいか、幸四郎は軽い胴震いを覚えた。

この海千山千の嘉七にして、こんな薄暗い蔵の中でなければ口に出来ないような、どんな事情があるというのか。

「久留津とは、いかなる人間だったのですか」

幸四郎はさりげなく訊いてみた。

「ああ、それはいつでも教えてさし上げますが、まあ、準備が出来てからでも……。必要な人間、必要な物を整えるのが先決でしょう。これらの用具はすべてご用立て致します。手前どもはもう砂金とは無縁ですから」

幸四郎はその夜、囲炉裏《いろり》のそばで酒を呑みながら、次のような久留津の調書を開いて、深く考え込んでいた。

〈久留津辰之助調書〉

松前藩勘定目付。当時三十二歳。長身、骨格頑丈。

妻女は沖の口奉行の娘、子どもは二人。

『神道無念流《しんとうむねんりゅう》』免許皆伝の剣豪なり。されど性格温和にして、争いを好まず。行い静かで、書物と薬草学に興味を抱く。藩政、幕政への関心は必ずしも高からず。

しかるに文久《ぶんきゅう》三年（一八六三）、松前城内にて公事掛《くじがかり》ら三人と会談中、にわかに乱心し、いずこからか持ち出してきた刀を振りかぶって斬りつけ、逃亡せり。

巻き添えになった役人二名と、松前藩御用の海産商江戸《えど》屋忠兵衛《やちゅうべえ》は、いずれも死亡。

他に同席者はおらず、その場での談話内容は不明。

久留津家は家格は低いが、代々、城主に仕えた旧い家柄なり。

上司の肝煎《きもい》りで格上の家柄の娘を娶《めと》り、二人の子に恵まれるも、その品行淫《みだ》らにして、最近は離縁を噂されていた由、ここに記す。

松前藩は討伐隊を数度に亘《わた》り派遣したれども、成敗には至らず。

実は福嶋屋からの帰りがけ、早川正之進《はやかわしょうのしん》の家に寄り、しばらく話し込んできたのである。というのもかれは今は相談役に退いているが、奉行所の最古参だった。松前藩に久留津事件が起こった時はもちろん現役だったから、久留津のことを何か聞き及んでいないか、確かめたのである。

だが松前藩はよほど他聞を憚《はばか》ったらしく、早川の耳には何も届いていなかった。

その代わり、儀三郎が御用商人の馬方として奉行所に出入りしていた頃のことを、よく覚えていた。

まだ十四、五だった儀三郎少年は、向こう気が強く、生意気な子として映っていたという。そんな悪童だが、当時は組頭だった栗本鋤雲は、この少年の天性の素質を見込んで、自分の馬丁として江戸に呼び、仕込んだのである。

「儀三郎は適任だと思う。それくらい豪気でなければ、大千軒岳山中に潜行はできんぞ」

と早川は薦《すす》めた。

「しかしあれでは、隊の結束が乱されましょう」

幸四郎が腕を組んで考え込むと、

「いや、わしも一、二度、あの山に入ったことがあるがな、クマは出る、オオカミは出る、まるで獣の巣窟《そうくつ》だった。おまけにあの山でキリシタンが虐殺されておる。その亡霊まで出るという噂だから、並の者ではとてもつとまらん」

「…………」

「まあ、ものは考えようだ。毒をもって毒を制するということがある。毒のある奴ばかり選べば、互いに牽制し合うし、獣も逃げて行くだろう」

そう言って早川は笑った。

三

翌日の午後も晴れていた。

幸四郎は大町の運上所にいて、窓から流れ込むアメリカ軍楽隊の、懐かしい〝ヤンキードゥドゥル〟を聞いていた。

この日は外人居留地で懇親の春祭りがあり、朝から各国の軍艦が、軍楽隊を繰り出していた。

朝のうちに式典があって、奉行代行としていつもながら早川正之進が出席し、幸四郎がそれに随行したのである。

午後からは美しい制服で飾りたてた軍楽隊が、晴れやかに市中を行進《パレード》し、見物人を沸かせ、異国への想いをさかんにかきたてた。

沿道に並ぶのは住民ばかりではない。湾内に浮かぶ数隻の外国船から、乗組員らが一斉に繰り出してきて、鈴なりに溢れていた。

道筋に軒を並べる縁日の屋台には、この水兵らが群がって、大変な騒ぎだった。

早川代行が役割を終えて引き揚げてからも、幸四郎はしばらく運上所に詰め、風に乗って聞こえてくる音楽を聞いていた。

アメリカ軍楽隊の〝星条旗よ永遠なれ〟を最後に、すべての演《だ》し物《もの》が終わったのは七つ（午後四時）。

（やれやれ）

安堵しつつ、幸四郎は歩行《かち》で運上所を後にした。馬は、人出の途切れる大町の外に回してある。

旨《うま》そうな匂いのする屋台を横目で見つつ歩くのは、心楽しかった。

お玉が池の剣術道場に通って、少年剣士を気取っていた時分、稽古帰りに空腹でたまらず、禁じられている買い食いをこっそりするのが無上の楽しみだった。

帰り道の濠端に出ているおでんの屋台で、安いコンニャクとチクワを注文するのだが、いつしか親しくなった屋台の老爺《おやじ》は、芋や豆腐をおまけにつけてくれ、いらない、と言ってもきかなかった。

（そういえばあの主人はどうしたかな）

そんなことを久しぶりに思い出していると、人ごみをかき分けて走って来る者がいた。その町人は幸四郎を見るや、顔を知っているらしく息を切らして駆け寄ってきた。

「支倉様、支倉様でございますね？　今、お呼びしに参るところで……うちの若い者が、異人相手に喧嘩をおっ始めちまって！」

「ぬしは？」

背後に従っていた下役の杉江が、進み出て誰何《すいか》する。

「福嶋屋の二番番頭の枡蔵《ますぞう》でございます。異人と喧嘩になったと聞いて、火消しが駆けつけると、向こうにも応援がどんどん集まって来る有様で……へい、主人は留守でございまして……」

幸四郎は小走りで枡蔵と肩を並べながら、さらに事情を聞いた。

発端はつまらぬことだった。

福嶋屋に奉公する十三歳の下女が、人通りの絶えたのを見て店先に打ち水をしていると、通りがかったプロイセンの若い水兵三名が、足に水がかかったと難癖をつけ始めた。

娘には言葉は通じないが、言わんとすることは分かりおろおろと謝ると、少し付き合ってくれれば許す、とばかりに三人で娘の手を取って、強引に連れ去ろうとした。

悲鳴を聞いて枡蔵が飛び出し、謝ったが、逆に殴りかかってくる。三人は酔っており、異国の春の陽気と軍楽隊の演奏に舞い上がって、若い娘と遊びたくなったらしい。

番頭の叫び声に飛び出して来たのが、手代の儀三郎だった。

かれは手に水桶を下げており、小走りで駆け寄るや、三人に水を浴びせたのである。

「この娘が水をかけたというが、水がかかるとは、日本ではこういうことを言う」

英語でそう叫んだが、英語の分からぬ枡蔵にもその意味が分かった。

頭から水を浴びた三人は激高して、中の赤毛の大男が、コブシを固めて儀三郎に殴りかかった。さすがに儀三郎は、福嶋屋の店先で喧嘩は良くないと判断したらしく、敏捷《びんしょう》に腰をかがめて囲みを抜け、波止場の方へと走った。

「逃すな」

とばかり三人は追いかける。

海に向かって建つ蔵の前の空き地に、儀三郎が走り込んだ時、噂を聞きつけた町内の威勢のいい火消しが数人、ねじり鉢巻きで駆けつけてきた。

異人の方も負けていない。

形勢不利と見るや、とび色の目をした金髪青年がやおら短銃を抜き、緊急の際の合図らしく、空に向かって二発発射したのだ。

するとそれを聞きつけてか、同じ制服を着た青い目の水兵たちが、続々と集まりだしたのである。

これはいかん、と枡蔵は震え上がり、役人を呼びに走った。

袴の股立《ももだ》ちを取って空き地に走り込んだ幸四郎は、眼前に広がる光景に、愕然とした。

十数人の日本の若者と、ほぼ同人数の異人が、一触即発で睨み合っている。険悪な煮詰まった空気がたちこめていた。

「引け引け、馬鹿な真似はやめよ！」

幸四郎は大きく両手を振って、日本語と英語で呼びかけた。

「全員、即刻ここから立ち去れ。さもなければ全員ぶち込むぞ。言い分があれば、奉行所で聞く！」

「どいてくだされ、お役人の出る幕ではない」

逸《はや》り立った儀三郎が、ドングリのような目をぎらつかせ、顔を真っ赤にして叫んだ。

かれはすでに顔面を殴られ、目の上を腫《は》らしていた。

「馬鹿者！」

幸四郎はたしなめた。

「嘉七殿に恥をかかせたいか」

「ご心配は無用です。やつらを叩き潰したら、店を辞《や》めますから」

「お前のことなど心配しておらぬ、周りの迷惑を案じているのだ」

思わず声を荒げて怒鳴り返す。

日本人同士のこの怒鳴り合いに、船乗りらも興奮しており、止めに入った幸四郎に奇声を浴びせ、しきりに野次を飛ばして来る。

石つぶてがビュンと唸りを上げて耳元を掠《かす》めた時、幸四郎は言い知れぬ怒りに血が上った。自分は今、何と滑稽な立場にいることか。

これは職責なのだ。この馬鹿どもが殴り合い、片目が潰されようと、半身不随になろうとも、自分は痛くも痒《かゆ》くもない。

「やっちまえ」

火消しの一人が叫んで、踏み込もうとした。

だがその時、蔵を背にし、海に向いて立っていた異人の一人が、海上を指さして何か叫んだ。

幸四郎も儀三郎も、皆が、一斉に振り返った。

夕照に染まりかけた金波銀波《きんぱぎんぱ》の沖合に、小舟がひっくり返り、誰かがもがき叫んでいるのが目に飛び込んできた。湾内には、大型の軍艦や大船が停泊しているが、小舟は見当たらなかった。

航行の妨げになるとして、無届けの釣り船や遊覧の船は禁じられているのだ。だがしばしばその規則が破られるから、こんなことが起こる。

溺れているのは、少年のようだ。幸四郎は岸壁まで走り出た。皆も喧嘩をそっちのけで、それに続いて走った。

見渡したところ、溺れている者の近くにも、この岸壁近くにも、小舟は見当たらない。

水練には自信があるとはいえ、さすがに幸四郎はたじろいだ。ここからあの場所まではかなりあり、三月も下旬の蝦夷の海は、真冬並みに冷たかろう。真夏でさえも、焚き火なしには寒くて海に入れないと聞いている。

「舟だ、どこかで舟を探せ」

大声で叫んだ時だった。

「オオッ……」

というような奇声を発したのは、あの赤毛の大男である。

かれは海に向かって何やら叫ぶと、やおら上着と靴を脱ぎ始めた。皆が呆然としているのを尻目に、衣類を放り出し、胸に十字を切るや、岸壁からいきなり海中に飛び込んでしまった。

ワッと両方から声が上がった。

「やめろ、引き返せ！」

「酔っぱらって泳ぐと死ぬぞ」

などと、ようやく叫び声が追いかける。それは思いがけない蛮勇だった。

だが勢いというものだろうか、二人めが続いたのだ。短銃を空に受けて撃った、あの金髪の水夫が、赤毛に出し抜かれたのが悔しいように、素早く十字を切り、脇目も振らずに飛び込んだのである。

二人は前後して、抜き手を切って沖に向かっていく。まるでどちらが先に着くか、競争しているように見える。

船乗りであるだけに、二人ともさすがに泳ぎは達者だった。大きく太い腕を水車のように回し、まるで水をわし摑みにするように搔く泳法は、目を瞠《みは》るほど鮮やかで、猛烈に速かった。

それに引き換え日本勢はしゅんとしていた。皆泳げないのか、水の冷たさを知っているためか、固唾《かたず》を呑んで見守るばかりだ。

（これはいかん、負けている）

幸四郎は焦って海を見つめた。気は逸るが、どうしようもなかった……。

ところが異変が起こった。二人が少し進んだあたりで、先頭を切る赤毛の大男が遅れ始めたのである。金髪がかれを追い越し、ぐんぐんと引き離していく。

赤毛はもはや進めず、力尽きたようにぶくぶくと浮き沈みしながら、何か叫んでいる。引き返せ、と皆は口々に言った。

「足が攣《つ》ったか」

「酔っぱらっていきなりドブンだからな」

そんなざわめきの中でひときわ鋭い声が響いた。

「馬はないか！」

儀三郎の声だ。

「馬はそこだ」

「そこに繋がれてるぞッ」

少し離れた蔵の横に、荷馬が繋がれていた。

格好のいいアラブ馬ではない。丈低く足が太いが、馬力はある在来馬である。それを見た瞬間、儀三郎は駆け寄って行き、繋ぎを解いて飛び乗った。

馴れた様子で馬の鼻づらを軽く叩き、何やら話しかけつつ、岸壁に向かって駈けて来る。

その姿が目に入った幸四郎は、瞬時に自分が何をするべきか閃《ひらめ》いた。そばに呆然とつっ立っている町方の捕手《とりて》から、とっさに投げ縄を引ったくった。

「それ、儀三郎、受け取れッ」

と叫びつつ、馬上の儀三郎めがけて放った。

その縄を儀三郎はしっかりと受け止め、素早く肩にかけた。

両手が自由になると、馬が前だけを見るように両手でその両目の左右を囲い、ハッと掛け声をかけて、馬の腹を蹴った。

馬は速力を上げ、岸壁から空に向かって、羽ばたいた!

一瞬の、時間が止まったような静寂……。それに続くバシャンという水音と、花火のように上がる水しぶき。

人馬は優雅な放物線を描いて無事に着水したが、儀三郎はなお手綱を緩めない。

もがいている男のそばまで一気に馬を進めつつ、縄を空中で回して、思い切りよく放った。縄は弧を描いて見事にその大きな体を捉えた。赤毛はまだ残っていた体力をふり絞り、その縄にしがみついたのである。

岸壁からワッと歓声が上がり、万来《ばんらい》の拍手が巻き起こった。

息を吸い込んだまま吐くのを忘れていた幸四郎は、ようやく肩を下げ、大きく息を吐き出した。

感動していた。

知らなかった。馬がこれほど見事に、これほど心地よげに泳ぐとは！

沖ではかの金髪青年が、すでに少年を抱えてひっくり返った舟に摑まっている。やっとどこからか二隻の小舟が、近くに漕ぎ寄っていくのが見えた。

それを横目で見届けると儀三郎は馬首を巡らし、綱を引っ張りながら戻ってくる。岸壁まで来て、上から手を差し延べる者たちに綱を委《ゆだ》ね、男を引き上げさせてから、自らはさらに岸壁沿いにゆっくりと馬を操った。

やや離れた先の岸壁に、舟を陸に上げるための引き込みを見つけて、そこから海水を思い切り滴《したた》らせながら、悠々と上がって来たのである。

四

その夜、支倉家に意外な客があった。

福嶋屋の洋式馬車が、庭に入って来たというので出てみると、あの儀三郎がいた。どうした、と声をかけると、精悍な丸顔を真っ赤に火照《ほて》らせてペコリと頭を下げた。

「春ニシンを届けるよう、主人嘉七から言いつかりました」

「春ニシン？」

突然のことで、幸四郎は面食らった。

「たぶん間違いだろう、うちでは特に注文しておらぬはず……」

「いえ、こ、これは、その、お詫びです」

儀三郎は口下手らしく、何度もどもった。

「小野儀三郎、お詫びに参上致しました」

意外な成り行きにとまどいつつも、ともあれ幸四郎は若者を座敷に通した。帰り支度をしていた通いのウメが顔を出したので、酒と酒肴の用意を頼んだ。

「昨日は、まことにご不快をかけました。馬車で小石を散らしていたことに、気がつかなかったのです。また本日は、支倉様からお叱りを受けたにも拘《かか》わらず、愚かなことを致し……」

畏《かしこ》まってそう言い始めたので、幸四郎は遮った。

「何だ、そんなことなら、春ニシンには及ばんぞ」

「いえ、あれは主人嘉七からのお詫びの品でして、手前はこの通りでございます」

儀三郎は畳に両手をついて、頭を下げた。

幸四郎はまじまじとその姿を見つめた。話に聞く、不遜で生意気で、悪童上がりの儀三郎はどこにもいない。

「そうか、相分かった。では有り難く頂戴するとしよう。まあ、頭を上げろ。こちらからも申したいことがある」

「はっ、何でございましょうか」

「今日はまことに見事だった」

「あ、そ、それについては、手前こそ、御礼を申さなければ」

儀三郎は慌てて言った。

「あの時、支倉様に縄を頂かなければ、あの巨漢を馬に引き上げるのはとても無理でした。後で考えてみて、冷や汗もので……」

その様子に、幸四郎は思わず笑った。

「いや、実は今だから申すのだが、自分も飛び込もうと、チラと考えはしたのだ。水練は得意だったからな。しかし、今の海はまだ冷たい。それにあの大男にしがみつかれては、こちらが危ない、そう考えて恐ろしくなった、はは……。あの男を引き上げることを考えていたので、縄が思い浮かんだのだ」

「有り難うございます」

儀三郎の浅黒い顔が初めて綻《ほころ》び、白い歯がこぼれた。

「で、あの者はどうなった？」

「名前はニコルセン……いや、ニコルテンセンでしたか……。腕っこきの蘭方医のおかげで、もうピンピンしてますよ。男泣きで、礼を言われました」

「それは重畳《ちょうじょう》、娘をかどわかそうとしたニコル……ネンテンとやらが、男泣きか、はははは……。いや、そなたの縄さばきには、私も惚れ惚れした」

「手前は、野生馬に乗るのが得意でした」

「であろう。おかげで、いいものを見せてもらった。私も馬は得手《えて》のつもりでいたが、あんなに心地よげに海を遊泳したことなどない、とてもとても……」

「いや、馬は本来、水が好きなのです。よく川を渡ります。故障した馬の回復には、水溜まりで泳がすのが一番なのですよ」

　儀三郎は楽しげに言い、馬談義がひとしきり弾んだ。

　機嫌よく相づちを打ちながら、幸四郎は、嘉七の心遣いをひしひしと感じた。嘉七は、幸四郎が昨日、儀三郎を借り受けるために行き、馬車の一件で考え直したと、察していたのに違いない。

　今日の異人との小競り合いを聞き、お詫びにこと寄せて、儀三郎に再び機会を与えたのであろう。

　であれば、この若者を、嘉七は推薦していると考えてもいいだろう。儀三郎は横柄だったり尊大なのではなく、ただ不器用なだけではないのだろうか。馬との付き合いに心奪われて、人付き合いはあまり訓練されてこなかった、野生の若者なのだ。

　そう思うと、我が意を得たりの気分になった。

「ところで儀三郎。急な話だが、そなたを見込んでちと頼みたいことがある」

　話題が途切れたところで、幸四郎はおもむろに切り出した。

「はい、何でございますか、この儀三郎、支倉様のご命令なら何でも聞く所存であります」

「その前に一つ訊《たず》ねたいのだが、おぬし、妻子はおるのか」

「では桔梗野では、一人暮らしか？」

「あ、いえ……江戸から連れて来た者が三人ほどおりますが。自分に何かあった場合、嘆き悲しむのは親だけでございます。それも男兄弟ばかりの四男坊ですし、十三で家を出てから、一度も帰っておりません」

儀三郎は言い、初めて年相応の顔をのぞかせた。

「昔から自分は向こう見ずで、怪我ばかりし、何度か死に損なっていたから、とうに諦めておるかと存じます」

「いや……」

幸四郎はふと、江戸にいる母の保子《やすこ》を思い出した。縁談のことで、先日手紙を受け取ったばかりである。

「親というものは、決して諦めないと思うがな。ま、それはともかく、もう一つだけ訊きたい。おぬし、鉄砲はやるのか」

「むろんです。一橋《ひとつばし》（慶喜）様警護の騎馬隊におりました時、徹底的に洋銃を仕込まれました」

「ゲーベル銃か」

「いえ、おりません」

「いえ、ミニエー銃です。今はそれが主流ですから。この先、何があるか分からないので、江戸を発つ前に有り金はたいて、一丁購入して参りました。一般の開拓民は、護身のために火縄銃を使っているようですが、遅れています。フランス、アメリカは、さらにその先を行ってますよ」

誇らしげな顔を見て、幸四郎は頷いた。

「馬名人のワザと、その見事な銃の腕を、少しの間この支倉に預けてくれぬか」

ドングリのようにくっきりと切れ込んだ澄んだ目が、大きく見開かれる。

「どういうことでございましょう？」

「仮に〝ほうき星〟と呼ぶ下手人《げしゅにん》を捕らえるために、山中に入るのだ」

「…………」

「極秘ゆえ、詳細はまだ申すわけにはいかぬが、期間は四月初めから、数日ほどのことと考えている。報酬はそれ相応の金子《きんす》と、子馬一頭。ただし危険な任務であるから、無理にとは申さぬ。よく考えて、返事は明日までにほしい」

「いえ、ただ今申し上げます」

儀三郎は膝を乗り出して言った。

「任務に、ぜひ加わらせてください」

「何度も言うが、この任務は危険である。無事帰れるかどうか、保証は出来ないぞ」

「であれば、なおやってみたいです」

その言葉に、幸四郎は二十歳の頃の自分を重ねていた。若者らしいかれの冒険心を好ましく思った。

「よし、分かった」

気がついてみれば、いつの間にか目の前に酒と酒肴の載った盆が出ている。幸四郎は話に夢中になって、ウメがいつ来たのかも気づかなかった。

「おぬし、呑めるだろう？」

「はい、手前は以前、鯨飲馬食《げいいんばしょく》と人に言われ、おれはクジラや馬は喰わぬぞと言い返して、恥をかいた覚えがございます」

「ははは、鯨飲馬食とは頼もしい。まずはゆるりと参ろうか」

それから盃をやりとりし、酒盛りが始まった。肌寒いがどこかほんのりと暖かい春の夜が、おぼろに過ぎていった。

ちなみに儀三郎は日本競馬の始祖である――。

御一新の後、儀三郎は江戸に帰り、新政府の〝兵部省厩舎御馬掛《ひょうぶしょうきゅうしゃおうまがかり》〟に取り立てられている。

同じ頃、横浜根岸《ねぎし》で、天皇ご臨席の天覧競馬に出場し、並みいる西欧の騎手を押さえて優勝。馬術家としての名声を高めた。

その後、黒田清隆《くろだきよたか》の推薦で七重村《ななえむら》詰めの御馬掛となって、再び来函。そこでお雇いの米人開拓使エドウィン・ダンより、牧畜や馬飼育の手ほどきを受ける。

それからも天覧競馬に何度か出場し、明治天皇に〝函館の誉れ〟とお褒めのお言葉を頂く。感激したかれは、この時から、小野儀三郎大経《だいけい》の名を、〝函館大経〟と改名することになる。

この函館大経は、後《のち》に〝明治三馬術〟の一人に数えられた。

また競馬会の設立に尽力し、競馬の祖として、日本馬術史上の〝伝説の人《レジェンド》〟になった。

第二話　一本桜

一

箱館奉行所の前から北を眺め渡すと、そう高くはない山々が、まるで砦《とりで》のように連なっている。

駒ケ岳、横津岳《よこつだけ》、袴腰岳《はかまごしだけ》、蝦夷松山《えぞまつやま》、雁皮山《がんびやま》、蓬揃山《よもぎぞろやま》、笹積山《ささづもりやま》、泣面山《なきつらやま》、三森山《みつもりやま》、毛無山《けなしやま》、三枚山《さんまいやま》……とそれぞれに、それなりの名前があった。

あの山々が衛兵のように立ち並ぶことで、蝦夷的な荒々しいものの侵入が防がれているのではないか、箱館という開けた都会《まち》は、あの山々に守られ、本当の蝦夷地はあの連山の向こうにあるのだと。

その〝砦〟を破るものがあるとすれば、松倉川《まつくらがわ》だ。

松倉川は、北の連山の袴腰岳に発し、秘境に次ぐ秘境をはるばる流れ下り、数々の渓谷の滝を落下して箱館に流れ込み、町の東部を横切って、下湯川村《しもゆのかわむら》の温泉町を抜け、津軽海峡に注いでいる。

清流はブナや楢《なら》の原生林に囲まれ、魚も多く生息するが、その道のりはあまりに険しく、途中でクマも出没するため、酔狂《すいきょう》な釣り人以外はほとんど入らない。

その松倉川沿いの道を、支倉幸四郎は馬を進めていた。

従うのは家僕の古田与一《ふるたよいち》ひとり。

上流にある上《かみ》湯川村を目指し、早朝に発ったのである。

三月下旬の川は、山々の雪どけ水を集めて水量が多く、川音高く流れている。険しい谷間には木々が芽ぐみ、春の息吹《いぶき》が満ちて、小鳥が賑やかにさえずっていた。

一刻（二時間）ばかりも黙々と遡《さかのぼ》ると、川沿いのゆるやかな坂道は二つに分かれる。

その分岐点に、まだ蕾《つぼみ》の固い一本の大きな桜の木が立っていた。

幸四郎は馬を下りて汗を拭きながら、地図を広げ、この辺りの地名が〝一本桜《いっぽんざくら》〟であるのを確かめた。咲けば見事な花見が楽しめそうなこの桜が、その名の由来であろう。

左側の道を進めば上湯川村。川に沿って右に入れば、目的地の温泉宿『一本桜』だ。道の入り口に、その案内板が出ている。

ここからは道幅が狭くなるので、馬を与一に預け、歩行《かち》で川沿いの道に分け入った。

「殿、春の蛇にご注意なされよ」

出がけに、家僕の筒井《つつい》磯六《いそろく》からそう注意されていた。

蛇はどうにも好まぬ幸四郎は、子どもの頃、よく悪童から嫌がらせを受けたことを思い出しつつ足下に目を落として進んだが、道ばたには可憐な菫《すみれ》の花や土筆《つくし》が頭を覗かせていて、一刻《いっとき》目が和《なご》んだ。

この川の下流は下湯川村といい、古くから出湯《いでゆ》の里として知られている。その昔、松前藩主の重病を治したという逸話もあり、薬効は高いのだが、湯の温度が低いため、もっぱら地元の人々の湯治場になっている。

ところが十何年か前、上流の人口五百人前後のこの上湯川村で、高温の温泉を掘り当てた男がいた。

それがこれから訪ねる、蒲原喜代次《かんばらきよじ》である。

かれは金山を探して渡島半島の山々を歩き回るうち、ここに温泉を掘り当て、温泉宿『一本桜』を営んで成功した。

だが元々は、鉱山師として名が知れていた。松前の北に位置する大千軒岳の界隈は、かれにとっては庭のようなものという。

川添いの道を進むうち、川は深い溪谷の様相を見せ始める。水量豊かにゆったり流れていたものが、いつしか険しい岩伝いに水が縫い、小さな滝となって白い飛沫《しぶき》を上げている。

ただ、深い笹藪を抜けて行く道は、温泉客のために切り開かれ、足元の凹みや段差は、がっちりした木組みと石で丁寧に整備されていた。

不意に視界が開け、辺りに硫黄《いおう》の匂いが漂った。

やや小高い空き地に、茅葺《かやぶ》きのどっしりした田舎家が見えてくる。古めかしい門をくぐると、庭には白いコブシの花が咲き、玉砂利を敷き詰めた小道の両側に水仙が咲き乱れていた。

『一本桜』という大きい軒提灯が下がる玄関前に立ち、汗を拭きながら周囲を眺めていると、若い下男が飛び出して来た。

「いや、客ではない。当家の主人に用がある」

幸四郎が言うと、暖簾《のれん》の向こうで窺っていたらしい老人がすぐに出て来た。藍染《あいぞ》めの仕事着に前垂れをした小柄な男で、腰低く、愛想を振りまきながら中へ誘った。

「手前は番頭の兵助《へいすけ》と申します。あいにくでございますが主人喜代次は、ただ今留守にしておりまして……」

上がり框《かまち》に幸四郎を座らせ、済まなさそうに白いものの混じった眉を寄せて、平身低頭の様子である。

「留守か。いつ戻る？」

「ああ、それが、お武家様……、このような山里までお運び頂いてまことに恐縮ながら、主人は十日ほど前より十勝《とかち》の方へ商用で出向いておりまして……」

「なに、十勝だと？」

思わず声が高く、尖った。

ここまで来て、長期不在とは。そのようなことがなきよう、前もって下調査をしたつもりだった。

昨日、上湯川村の役場に下役を送り、『一本桜』の経営状態や家族構成などを調べさせたのだ。その時、喜代次の所在も確かめたところ、遠出の届けは出ていないとのことだった。

毎年この辺りは春の訪れとともに、川釣りや山菜摘みの人々が町からどっと繰り込んできて、旅籠《はたご》はどこも忙しくなる。

中でも『一本桜』は、この界隈では唯一熱い温泉の出る宿だから、大黒柱の喜代次が、家を留守にすることはまずない、と村役人は断言したという。

下役にさらに宿へ出向かせ、所在を確認させればよかったか。

喜代次が留守であればそれに代わる者を、大至急探さなければならぬ。そのような専門の者がすぐ見つかるかどうか。

気落ちしているところへ、兵助が奥から、盆に載せて茶を運んできた。幸四郎は、無言のままガブリと茶を啜《すす》った。

喜代次は美濃《みの》の陶工の家に生まれ、幼少より父親について、土探しのため山に入ることが多かったという。

長じても、土こねより土探しが面白く、フラリと家を飛び出して全国の山を歩くうち、いつしか鉱山や金山発掘に取り憑《と》《つ》かれた。松前では砂金の出る川や、金山をも探し当てた。

一般に金探しの者は山師と言われ、世間から詐欺師《さぎし》のように思われあまり尊敬されないが、かれは正直に松前藩に届けたため、武士に取り立てられ〝蒲原〟と名乗った。

蒲《がま》とは、変哲もない水辺の植物にすぎないが、その蒲の穂が一面に青々と茂って風にそよぐ原が、かれは好きなのだという。

大千軒岳の地理については、廃坑の跡も、ケモノ道も、抜け道も、熟知していた。

宿屋の主人になった今でも、商売が暇になれば、砂金探しに山に入るという。

蒲原喜代次ほどあの山に通じている者はいない、と松前藩の目付が太鼓判を捺《お》した男だった。

そんな人物をもう一人、どこから探し出せというのか。

幸四郎は気がせいて、ここに長居は無用だとばかり、茶碗をトンと置いて立ち上がった。

「……それにしても主人が不在で宿は大丈夫なのか」

帰りがけに思わず言った。

「申し訳もございません。ただ、客が混むのは来月でございますので、それまでには帰ると存じます」

番頭はひたすら頭を下げた。人の善さそうな朴訥《ぼくとつ》な丸顔だが、額に苦労皺が深く刻まれている。

「あの、まことに僭越《せんえつ》ながら、お武家様、お名前とご用件をお聞きしてもよろしゅうございますか。戻りましたらすぐにも……」

「それには及ばぬ」

歩きだしながら呟いて、不意に今の茶がひどく美味だったことに気がついた。

主人の不在に落胆して、茶を味わう余裕はなかったのだが、ざっくりした黄瀬戸《きせと》の茶碗に、トロリと甘い緑茶が、ちょうどいい湯加減で入っていたのを、舌がしっかり感じていたようだ。

「しかし旨い茶を馳走になった」

その言葉を耳に留めて、兵助はチラと奥の方に目を走らせた。

幸四郎も暖簾の方をさりげなく見やったが、今しがたまで誰かそこに立っていたように暖簾が揺れているだけで、誰の姿もなかった。

玄間横の壁際は、大きな棚で埋められ、皿や花瓶や茶器などの焼き物が、何段にも飾られている。

「これは……?」

「主人喜代次の収集品でございます」

「ほう、なかなかの逸品揃いと見たが」

「主人が聞いたら喜びましょう」

如才ない番頭に送られて玄関を出る。

二

一本桜まで下《くだ》ってから馬に乗り、道を少し進みかけて、急に馬首を巡らした。馬は、村へ向かう広い道に駆け上がる。

「あ、村に寄られますか？」

与一が不審げに声をかけてきた。

「ふむ。ここまで来たのだ。ダメ押しをしておきたい」

「心得ました。村役場はそう遠くないと聞いております」

主従は跑足《だくあし》で馬を進めた。

幸四郎の顔に、ふと苦笑が浮かんだ。

この忙中、まっすぐ帰ればいいものを、と思ったのだ。役人は、〝民は欺《あざむ》くもの〟とどこかで疑っており、丸ごと民を信用していないところがある。

あの番頭の過度な腰の低さ、愛想の良さには、どこか胡散臭《うさんくさ》いものを感じていた。

それに、〝長期不在〟はないと断言した村役人も、少したるんでいはしないか。

村に入ってすぐ、痩せた馬を引いた馬子《まご》と出会った。与一が近づいて、村役場の場所を訊ねると、それはすぐ近くにあった。

役場といっても、民家の一隅を借りているようで、小柄で不健康そうな中年の男が一人いるきりだ。

幸四郎が事情を話し、『一本桜』の主人の不在を口にすると、役人は意外そうに薄い眉を吊り上げて言った。

「え、『一本桜』の主人が、遠出ですと？　そんな話聞いておらんです。三日以上、村ば留守にする時は、届け出る決まりになっとりますでな」

ゴホゴホと咳き込みながら、和綴じの帳面をめくった。

「書き落としはないはずだで。届け出ば怠ったんだべかのう」

「最近、見かけたか」

「そう言えばしばらく見とらんですが、もともとあんまり村さ顔を出さんお方ですて。最後に見たのは、去年の……」

役人はしきりに首を傾げた。

「『一本桜』さんは自分で釣った川魚や、仕留めた獣を捌くのが自慢でしてな。それが目当てで来る客も多いのです」

「主人が自ら包丁も持つのか」

「はあ、長く山さ入る商売しとったそうで、釣りと、狩りの腕が上がったと……」

また咳き込んでいるところへ、小柄な老人があたふた入って来た。薄いごま塩頭を総髪にした細面《ほそおもて》で、銘仙《めいせん》の着物に紋服を羽織っており、乙名《おとな》(村長)の寺井権兵衛《てらいごんべえ》と名乗った。

あの馬子がご注進に及んだのだろう。役場に不審な武家が現れたという知らせに、慌てて紋服を羽織って飛んで来たようだ。

奉行所役人と身分を明かすと、権兵衛は頭を何度も下げた。

「遠路はるばる奉行所からお運びくだされ、恐縮至極に存じます。それで、あの、蒲原喜代次の何をお調べでござりますか」

「いや、調べごとではない、ちと用があって来たのだが」

「はあ……」

権兵衛は頷いたが、急に口を噤《つぐ》んだ。

幸四郎は頃合いとみて、二人に礼を言って外に出る。一緒に権兵衛も見送りに出て来た。長い時が過ぎたような気がしたが、役場にいたのはほんの四半刻たらず(三十分)で、日が高く、周囲の山波が陽にくっきりと見えている。

騎馬で川沿いの道を下りながら、幸四郎は時間を無駄にしたような気がして、役場に寄ったのを後悔していた。

一刻も早く帰るべきだったのだ。

そんな苦い思いで下りつつ、額に汗が滲んでくる頃に、背後に馬蹄《ばてい》の音を聞いた。

振り向いても、曲がりくねった道にさしかかる木々の枝で、誰の姿も見えない。だが遠くから蹄の音だけが付いて来る。

与一は警戒し、何度も振り向いているようだが、幸四郎は前を見たまま跑足で馬を進めた。

「殿……」

と背後から与一の声がした。

「先に進んでくだされ。それがしはここらで待ち受けます」

「いや、放っておけ」

言う間も、蹄の音が近づいて来ている。

思わず速度を落とし、小さな橋を渡った所で馬を止め、笠を上げて、今来た方向を振り返った。

背後は急な曲がり角で、鬱蒼《うっそう》と枝を差し伸べる木々で陽ざしは遮ぎられて、突き当たりには笹藪に覆われた山肌しか見えない。

と、その時、薄暗い道に馬が飛び出してきた。

幸四郎は馬上の人を見て、驚いた。

女だった。

幸四郎が停まっているのを見て、相手も馬の手綱を引いて止め、すぐに馬から飛び下りた。藍染めの仕事着に襷《たすき》をかけ、お納戸色《なんどいろ》の袴をつけ、頭には白い手拭を姉様被りに被っている。

平坦ではない山道を一気に駈け下るのを覚悟して、この勇ましい出で立ちになったのだろう。

「支倉様でございますか」

娘は姉様被りを取り、一礼するのももどかしげに息を弾ませて言った。よく通る声だった。

「いかにも支倉だが……」

幸四郎は馬上から答えたが、その声は警戒を解いていない。

与一が馬から下りて、女のそばに駆け寄った。かれは北辰一刀流《ほくしんいっとうりゅう》の免許皆伝の腕前とはいえ、相手が女でも油断は見せない。

「何用でござるか」

「お急ぎのところ申し訳ございません。蒲原喜代次の娘、郁《いく》にございます」

（喜代次の娘だと？）

幸四郎は息を呑んだ。息子が箱館に来ているのは承知していたが、娘もこの地にいるとは聞いていなかった。

とっさに言葉は浮かばなかったが、あの揺れていた暖簾と、あのトロリと旨かった茶が、幸四郎の脳裏で結びついた。茶をいれてくれたのはこの娘だったか……？

喜代次はこの上湯川村で温泉宿を始めて十数年、妻子を美濃に置いたままだった。寒冷地だからというのがその理由で、古くから従ってきた兵助夫婦を住み込ませ、自分がたまに美濃に帰っていた。

今その息子は箱館にいるが、美濃に残っていた妻は昨年の秋、病いで亡くなって、娘一人になったと聞いている。

それにしても蒲原の娘が、何用あって追ってきたのか？

幸四郎の訝《いぶか》しげな表情を読んだように、郁は言った。

「お訊ねしたいことがございます」

「分かった。ちょうどこちらも、少し休憩したいところだった。与一、急ぎ、場所を作れ」

幸四郎はてきぱきと指示し、馬から下りる。

与一は少し先に、溪流を見下ろす見晴らしのいい場所を見つけ、木陰に、いつも持ち歩いている携帯用の床几《しょうぎ》を誂《しつら》えた。

幸四郎はそこに郁を導いて座らせ、自分は、山から転がってそこに止まったような近くの大きな岩に腰を下ろす。

与一はさらに、竹筒に入れてきた冷たい茶を二つの茶碗に手際よく注ぎ分け、小さな盆に載せて二人に供した。

三

一口茶を啜りながら、幸四郎の頭はめくるめく動いていた。

この娘は、自分が奉行所役人支倉と知って、追いかけてきた。

だが自分は『一本桜』で名や身分を明かした覚えはない。だから、村役場の寺井権兵衛があの後すぐに宿へ駆け込み、ご注進に及んだとしか考えられなかった。

「驚かせてすみません」

幸四郎の沈黙を、戸惑っていると見てか、郁は急いで言った。

「お訊ねしたいのは、支倉様が何をお調べになっているのか、ということでございます」

正面からそう切り出され、幸四郎は返事に窮《きゅう》した。

何を調査していたにせよ、それをこの娘に言う筋合いなどないのだ。それどころか、役人にそれを訊くとは無礼であろう。そう一喝するべきところだが、なぜか言葉が喉に引っ掛かかる。

相手は、美しい娘だった。

木陰にかしこまって座り、愁わしげに見返してくる様は、馬で追いかけて来たお転婆娘の印象とは裏腹に、幽闇《ゆうあん》に咲く白い野の花の風情《ふぜい》である。その顔は緊張で少し引きつって見えるが、十七前後の少女に特有の弾むような清潔な色気が、草の匂いのように匂いたってくる。

「……調査で行ったのではない」

幸四郎はそっけなく言った。

「親父どのに頼みたいことがあったのだ。それよりそなたがそのようなことを訊く理由を、逆に訊きたい」

すると郁は一瞬ためらい、川まで下りていって溪流で手や顔を洗っている与一に目を向けたが、すぐに視線を戻して言った。

「僭越《せんえつ》なことを申しました、お赦しくださいませ」

「…………」

「ただ父は……あの、……十勝になんか行っておりません。行方不明になっているのでございます」

「なに？」

「わたし、父が行方不明と聞いて、驚いて美濃から出て参ったのですから。もう半年になります」

報が届いたのは去年の秋の頃で、喜代次がふらりと山に入ったきり、帰らないという。皆で手分けして近くを探したが、見つからなかったと。

「番頭は何故それを隠し、十勝へ行ったなどと偽ったのか」

「そのうちひょっこり帰ってくると……そう思ったのでございましょう。大騒ぎしたあげく、ふらりと帰っては外聞が悪かろうと。確かに父は、少々身勝手なところがございまして、時々こんなことがあったのです、放浪癖というのでしょうか」

今度も、あるいは漂泊の思いに誘われて蝦夷の奥へと足を伸ばしたか、と番頭は考え、しばらく伏せておくことにしたのだと。

　郁は、そのことを兄から聞いたという。

「わたしは、何だかもう、父が生きてはいないような気が致してならないのでございます」

「そう思う根拠は何なのか」

「放浪癖と申しても、若い時分のことで……今の父は温泉に精魂傾けておりました。工夫すればもっと客を呼べる、と新しい料理の献立を書き連ね、意見を求めて参ったりもしました。そんな父が突然家を出て、半年も便りも寄越さないということがあるでしょうか……」

「なるほど」

　幸四郎は頷いて首を傾げた。

「立ち入ったことを訊くようだが、父御はそれほど信頼しているそなたを、なぜ温泉宿に呼ぼうとしなかったのか」

「わたしは来とうございました。でも母が若い時分から患っておりましたから、寒さが障《さわ》るのではと。それに……」

　郁は俯《うつむ》いて、白い頬を染めた。

「実はわたしには……許嫁《いいなずけ》がいるのでございます。父は美濃の陶工の家に娘を縁づけたかったようで……、子どもの頃に、父親同士が話し合って決めたのでございます」

「ああ」

幸四郎は腕組みをして頷き、小さく吐息をついた。

(そうか、この娘には許嫁がいるのか)

「ではあの寺井権兵衛だけが、父御の失踪を知っているのだな」

「はい、寺井様と親しかったですから。つい先ほども宿に駆け込んで来て、お役人様が何かお調べに来たと……。わたしは父のことを聞きたくて、番頭と話し込んでいる間に、とっさに飛び出して参りましたの」

幸四郎は、父の身を案じて追いかけて来た娘を、いじらしく思った。

「兄者は下湯川にいるのだったな?」

父親とこの兄は、昔からあまり仲の良い父子ではないと聞いていた。

案の定、郁は口を噤《つぐ》み、目を伏せた。

報告書で知った限りでは——。

郁より六つ年上の兄彦次郎《ひこじろう》は、家を出て妻子を捨てたも同然の父に反発し、自分は陶工を志して、実家の窯《かま》で美濃焼の腕を磨いていたという。

だがかれが十六歳の時、ある朗報を父から聞いた。発展途上の箱館に美濃の陶工を呼び、陶磁器を作らせる計画が、奉行所で進行中だと。それは〝瀬戸座《せとざ》〟と呼ばれる陶工村であると。

彦次郎は、目を輝かせてあれこれ質問した。まだ若かったから、新天地で腕を試したかったし、反発はしても、父の住む蝦夷に行ってみたかったのだ。

かれは自ら志願して、瀬戸座四十八人衆の一人となった。蒲原喜代次の倅としてではなく、陶工彦次郎として蝦夷の土を踏んだのである。


ちなみに瀬戸座とは——。

美濃から招かれた陶工たちの工房のこと。寒冷な箱館にも、窯場《かまば》があったのである。アイヌの耳付土器しか出土しない蝦夷にも、器が、それも〝見事な〟器が焼かれた時代があったのだ。

箱館山の東麓、今の谷地頭《やちがしら》あたりに陶磁器工房『瀬戸座』が造られたのは、安政《あんせい》六年（一八五九）のことである。

当時の箱館は、日用品はもっぱら内地から輸入していた。

そこで奉行の村垣淡路守は、日用品の自給自足を目ざして、さまざまな試みを行ったという。まずは紙や鉄などの各種の職人を内地から呼んで座を作り、モノづくりを奨励した。

陶器作りのためには、美濃国岩村藩に要請して優れた陶工四十八人を招いた。足立《あだち》岩次《いわじ》がその代表である。

かれらは、谷地頭に造られた十一棟の窯場に配置された。

そこで焼かれた茶器や徳利や皿は、さすがに素晴らしく、〝見事なる品〟との評判を得たという。

白い肌に呉須《ごす》で焼き込まれた絵が、特徴だった。

その図柄は、箱館八景とよばれる美しい風景や珍しい異人など、異国情緒豊かなもので、それは〝箱館焼き〟と呼ばれて珍重された。

しかし、長い冬の間は操業が出来ない。釉薬《ゆうやく》や呉須などは美濃から運ぶため経費がかかる……。そんな数々の縛りがあって、せっかくの陶磁器も高価にならざるを得なかった。

売れ行きは伸び悩み、採算が合わず、ついに奉行所の援助は打ち切られた。瀬戸座は廃窯となり、わずか三年余でその使命を終えたのである。

その茶器や皿や花瓶などは残り、面影を現代《いま》に伝えている。箱館の風景が焼き込まれたその藍色の染め付けは、美しく、どこか愁いを帯びていて、去りし日への想いを誘う。

幸四郎は、その箱館焼きが気に入っていた。すでに座は解散になっていて、今は窯跡だけが遺されていると聞いた時は、ひどく残念な気がしたものだ。

先般、公務で江戸に帰った折には、古物店などで探して買い求め、母への蝦夷みやげにしたのである。

座が解散になって、集められた陶工の大半が美濃に引き上げたが、三年で故郷へ帰るのを潔《いさぎよ》しとしない者もいた。石狩に流れた者もいたが、瀬戸座再興の旗を掲げこの地に留まった者もいる。

彦次郎はそんな数人の一人だった。湯川の土を使ってみてはどうかという父の薦めを入れ、皆で下湯川村に居を移して工房を作り、今は仮に〝美濃座〟と呼んでいるという。

彦次郎は父親の援助は断り、極貧の中で、細々と焼き続けているとも聞いている。

（厄介だな）

と幸四郎は思った。蒲原家の家庭問題に関っている時間も余裕もないのである。だが放りだすわけにもいくまい。

「一つ訊きたい」

幸四郎は膝を乗り出して言った。

「親父どのは家を出て半年近くたつというが、何か揉めごとでもあったのか……」

「いえ」

少し考えてから郁は言った。

「揉めごとがあったとは聞いていません」

「番頭はどういう人物だ」

「誠実な人柄で、父はたいそう信頼しております」

「試しに申したまでだが、あの温泉が喜代次のものと証明する書き付けは、手元にあるのか」

「…………」

郁は切れ長な目を見開き、不安げ表情を浮かべた。

「それは存じません。金庫の中には何もないようでしたが……」

柔らかい、草の匂いのする風が吹いた。

「そうか、少し調べてみよう」

心ならずも幸四郎はそんな言葉を口にして、袴をはたいて立ち上がった。

「あの二人の密談もそろそろ終わった頃だろう。怪しまれぬうちに帰れ。登りはきつかろう」

「大丈夫でございます。美濃の田舎道で、さんざん馬を乗り回しておりましたから」

言って、丁寧に頭を下げる郁に会釈を返し、幸四郎は馬上の人となった。蛇行する道の曲がり角で背後を仰ぐと、郁はまだあの場に佇み、こちらを見送っていた。

四

「天気もいいことだし、少し寄り道するぞ」

一本桜から下って、平坦な下湯川村に入ると、笠の紐を結び直し、海の方角に馬首を巡らしながら幸四郎は言った。

五稜郭までは馬で半刻ほどだが、あの蒲原彦次郎の窯場が、さして遠からぬ海の近くにあるのを思い出したのだ。

た。

与一は心得たようについて来る。

美濃座は、海を見下ろす小高い丘の中腹にあった。

白い椿や黄色いレンギョウがこぼれるように咲く中を、騎馬で上がって行くと、目の前に日当りの良い広い原っぱが広がっている。幸四郎は思わず、おう、と声を上げた。

対岸に、箱館山が美しく見えていた。

ここは丘の中腹を削った土地で、粗末な小屋が数棟、軒を寄せるように建っている。幸四郎は与一に馬を預け、鶏が数羽、餌をついばんでいる広い庭に入って行くと、どこで見ていたか中年の女が出て来た。

「私は奉行所の支倉と申す者だが、蒲原彦次郎は在宅か」

幸四郎は軽く会釈をして言った。

「はい、作業場におりますで、すぐ呼んで参ります……」

言いつつ女は駆け出して行き、やがて犬にじゃれつかれながら、頭に手拭いを巻き、作務衣《さむえ》を纏《まと》った若い男が現れた。

ずんぐりして、肌はまっ黒に日焼けし、いかにも足腰が強そうな若者だった。意志の強そうな太い眉と、強い光を放つ細い目、めくれ上がった厚い唇が印象的で、全身から土臭さが匂いたつようだ。

「彦次郎にございます」

頭から手拭を取り、ペコリと頭を下げたが、顔を上げた時は挑むような目つきである。

奉行所のお役人が、この自分にいかなる御用で？……と言いたげだった。

「蒲原喜代次に連絡を取りたく、一本桜まで参ったのだが、十勝に行って、いつ帰るかも分からぬと言う。そなたが何か知っていないかと、寄ってみたのだ」

「ああ、あの人には実は手前も、しばらく会っておらんで……。十勝に行ったとは聞きましたが、いつ帰るか知らんです」

父のことを〝あの人〟と、彦次郎は呼んだ。妹の郁とはまるで反対の反応である。話には聞いていたが、本当に父親とはそりが合わないようだ。

「何か揉めごとはなかったのか」

「揉めごと？　さあ……」

一瞬、目を細め、遠くを見る目つきになった。

つい誘われて幸四郎も視線を空に向けると、柔らかい青い空に、綿のような白雲が浮かんでいる。

「では、あの温泉地に関し、何か書き付けのようなものはないか」

「温泉宿に関しては番頭が仕切っていて、手前はほとんど関係しておらんです」

「なるほど。親父どのについてもう一つ……」

「あの、あの人について、手前は何も知らないです。早くに家を出てずっと別の所で暮らしていたんで」

「ふーむ、そうか」

幸四郎は思わず呟いた。

「私は父をとうに失ったから、父の感触を忘れていたような気がする」

「………」

何かしら狼狽《ろうばい》の色が、彦次郎の目を掠めた。

幸四郎は、そんな彦次郎を涼しい目でじっと見返した。口で言うほど、冷淡な息子でもないらしいと思う。

そういえば……と想い出した。自分も、いつも上を気にしている格式ばった父親の小心ぶりに、少年らしい苛立ちを覚えたことがあったっけ。

「邪魔したな。親父殿については今申したようなことだから、何かあったら奉行所に報せてほしい」

言って与一に合図し、馬を回させた。

〝蒲原喜代次は不都合により、それに代わる人物を至急推薦されたし……〟

奉行所に戻るとすぐに筆を取り、そんな書状を認《したた》めた。

宛先は松前藩邸の安藤《あんどう》目付である。

ともかく大千軒岳の案内役を、早く押さえる必要があった。

だが蒲原喜代次のように自由人で、松前藩に顔はきくが主従関係はない、というような人物はすぐに見つかりそうもなく、改めて松前藩に要請したのである。

翌日は、幸四郎は朝から忙しかった。

登庁時刻きっちりに松前藩の安藤目付がやって来たため、息を継ぐ間もなく奥の間にこもって、密談に入った。

幸四郎はこの目付に、〝ほうき星〟の人となりや事件のあらましについて、さらに詳しい報告を求めたのだが、返事は調書とさして変わらなかった。

その説明によれば、久留津辰之助は有能だが唯々諾々《いいだくだく》たる性格で、藩政を非難することもない、体制御用の忠臣だったらしい。

妻は上司の娘で美貌の誉れ高く、二人の子も授かって、いずれさらに出世するだろう周囲から羨望嫉妬の目で見られていた。だがあのような非道な事件を起こしたおかげで、罪は妻子のみならず舅《しゅうと》にも及び、久留津には〝短慮に過ぎる直情径行《ちょくじょうけいこう》の男〟という悪評が貼り付けられていた。

私生活では女癖が悪く、夫婦仲は険悪で妻はとうに実家に帰っており、すでに離縁状態だったという。久留津の乱心はそうした屈託の反動ではないか、という推察だった。

幸四郎は、その報告を頭に刻みつけた。

安藤目付はさらに、大千軒岳の案内人を何人か選んできた。だが、決定を少し伸ばすことにする。松前藩の息のかかった者は使いたくないというのが、本音だった。すべてが松前藩に筒抜けになることを、覚悟しなければならないからだ。

夕刻には外出の予定があったが、八つ半（三時）の太鼓が鳴るまでに、たて続けに人と会い〝任務〟に必要な報告を聞いた。

ついに幸四郎は外出を諦めて、書状を認《したた》めた。

その一通は福嶋屋で、案内役の依頼である。

もう一通は『一本桜』番頭兵助に、明朝一番で奉行所まで出向くよう命じた召喚状である。この二通を早飛脚に託した。

六つになってようやく一段落した。山のような書類は家で読むことにして、帰り支度をしていると、新米の小使六助《ろくすけ》が顔を出した。

「あ、支倉様、やっぱりまだおいででしたか。いえ、もうお帰りだと相方が申すので、覗きに参ったのです」

「帰りたいのは山々だが、なかなか帰れないのだ。相方と賭けでもしたのか」

「いえ、とんでもありません、お客様です」

「客？」

思わず顔をしかめた。六つを過ぎて訪ねてきて、滞庁時間を長引かすとは、一体どこのどいつか。

「誰だ、その気の利かぬ客は」

「おっと、名前を訊き忘れました。あまり見かけないお人ですよ。こう言っては何ですが、汚い丹前《たんぜん》をグズッとこう、だらしなく着流して……帯に矢立てをさし、酒の匂いぷんぷんさせた酔っぱらい……」

六助はわざわざ襟をはだけて見せた。

「それを早く言え、分かった、すぐ行く」

（屏山《びょうざん》だ！）

奉行所の客にしてはあまりに破天荒《はてんこう》なので、相方の小使は、さっさと追い返そうとしたらしい。

それを止めて確かめにきた六助に駄賃を渡し、幸四郎はすぐ襟元を直し、鬢《びん》のほつれ毛を手で撫でつけながら、薄暗い廊下を裏口に急いだ。

通用口横に入れ込みの畳の間があり、待ち合い所になっている。

その上がり框の薄暗がりに、大男がぽつねんと座っていた。

五

「これは屛山先生、お久しぶりです」

「や、支倉様、その〝先生〟はやめてもらえんかね」

「では、何と呼べばいいですか？」

「〝えんまや〟と呼んでくれんかの」

屛山は立ち上がって、日焼けした顔をほころばせた。

一つに束ねた総髪、白いものの目立つ無精髭。お世辞にも風采《ふうさい》は良くないが、笑うと、磊落《らいらく》な大らかさが弾けるようだ。

平澤《ひらさわ》屏山。

箱館では知る人ぞ知る絵師である。

もともと船絵馬《ふなえんま》を描いて船乗りに売る零細な絵職人で、〝絵馬屋《えんまや》〟と呼ばれていた。

それが、かの福嶋屋嘉七の肝煎《きもい》りで、十勝のコタンに住み込み、その風俗や人物を克明に描いた〝蝦夷絵〟で、一躍評判になったのである。

アイヌを描くその写実画は、日本国内より異人の間でよく売れたのだが、屏山は相変わらず極貧だった。無類の酒好きで、画代はすぐ呑み代に変わってしまうからだ。

いくら売れても金の溜まる暇がなく、その上、無類の怠け者だった。

今春、絵を注文していたあるロシア人が、なかなか絵筆を取らぬ屏山に怒って、奉行所に訴え出た。

小出奉行は何を思ったか、役人嫌いで有名な屏山の担当を、幸四郎にふり当てた。

幸四郎は不運をかこちつつ、ぎくしゃくと渡り合っていたが、ひょんなことから打ち解けるようになった。

屏山が蝦夷絵の中に描いた女を、幸四郎が見知っていたのである。

「支倉様、これ……」

言って屏山は、菰包みを差し出した。ぷんと脂ののった干し魚の匂いがする。身欠《みがき》ニシンはつい最近、福嶋屋からも届いたことが思い出され、苦笑した。

「や、これはどうも。江差にでもお出かけでしたか」

「そう。福嶋屋に連れて行かれて、五日ばかりおったです。春ニシンは脂がのって旨いでの。食っちまわないうちにと届けに参ったが、途中でちと寄り道したら、夜になっちまった、ははは……」

もう酒の匂いが漂ってくる。

「お奉行所は、おらを待ってないべと心配で、早いとこ店ば出ただが、まだお日様が高かったで、もう一軒寄ったのが悪かった」

「遠方からわざわざ、恐縮至極……景気づけにもう一軒行きますか」

屏山は笑って頭を下げ、指で幻の盃をあおってみせる。

幸四郎はすぐに六助に命じ、このところ評判の居酒屋『俵屋《たわらや》』に、屏山を案内させた。五稜郭の南出口から出て、角を二つほど下った辺りの路地裏にある。

かれ自身は、下庁の時間で迎えに来た家僕に、今夜読むべき書類と、江差土産のニシンを委《ゆだ》ねて持ち帰らせた。

さらに別の者を駕籠屋まで走らせ、五つ（八時）には『俵屋』の前で一挺待っているよう、申しつける。屏山の住む長屋は箱館山の麓にあり、千鳥足で帰るには少し距離があった。

それだけ手を打ってから『俵屋』の暖簾をくぐったが、入れ込みの間《ま》はすでに客で一杯で、賑やかな談笑の声に満ちていた。

その土間を通り過ぎて奥の小座敷に入ると、屛山はすでにご機嫌で呑んでいた。だが食べずに呑む一方だから、徳利ばかりズラリと並んでいる。

幸四郎はお品書きから、菜の花の芥子《からし》和《あ》え、春野菜の天ぷら、鰤《ぶり》の煮こごり、メバルの焼き物……などを選んで注文した。


「いや、屛山先生。例の件、返事が遅れて申し訳ありません」

酒が入ると、幸四郎は先手を打って切り出した。

実は屛山の来訪の目的は、春ニシンなどではなく、〝例の件〟であると先刻承知していた。屛山が蝦夷絵に、ラピスラズリなる舶来の碧絵の具を使って描いた〝青衣の女〟の消息を、幸四郎が調べることになっていたのである。

その絵を初めて見せられた時、幸四郎は、ハツメというそのアイヌとの混血少女の顔が、松前で会った酌婦おきぬにそっくりであることに気づいた。互いの話を付き合わせるとぴったり符合し、ハツメとおきぬは同一人物だと判明した。

そこで幸四郎は、箱館に連れて来るべく松前に出向いたが、おきぬはすでに店から姿を消していて、会えなかった。

その顚末《てんまつ》を屛山に伝える時、相手を落胆させないため、言わずもがなのことをつい口走ってしまった。

少し探してみるので、そのうちまた……と。

実際は探しようもなかったのだが、屛山は愚直にそれを信じ、返事を心待ちにしていたらしい。

「どうも例の件は、はかばかしい情報がないのです。もう、松前を出たんじゃありませんか」

幸四郎が言うと、屛山は盃を口に運びながら黙っている。

「いや、こんな言い方も無責任だが、なまじ会わない方がいいかもしれませんよ。屛山先生のハツメは、絵の中に生きているのだから」

おきぬはたぶん男を追って内地に渡ったであろう、と幸四郎は推察していた。その男とは、自分が江戸に護送した門馬豪助《もんまごうすけ》なる倒幕派浪士である。

門馬が江戸でいかなる沙汰を受けたかは知るよしもないが、仮に知ったところで、屛山に伝えるつもりはない。

ハツメとおきぬは〝別人〟なのだ、と思う。ハツメは男を知らぬ少女であり、おきぬは男を恋する大人の女だった。

「うーん、あんたの言うとおりだべなぁ。会ったところで、おらが何してやれるわけでなし……」

屏山は酒をあおって言った。

「おらァ、絵ェ描くしか能がねえ男だで」

さらに何か言ったが、襖の向こうがドッと沸いて声はかき消された。

隣には、数人の客が入っているらしく、初めは静かだったが、だんだん盛り上がって騒がしくなってきた。

断片的に耳に入る言葉尻からして、奉行所役人に間違いない。

少しずつ分かってきたところでは、おそらく蝦夷の奥地から帰った同僚をねぎらうため、酒宴を開いて、あれこれみやげ話を聞いているらしい。

だが幸四郎は、例の特別任務の下準備で忙しく、奉行所内のことには疎《うと》かった。

「……あんたは、さすがうまいことを言うだ。うん、ハツメはもう探さんでええ、絵の中におるでな……」

屏山の呂律《ろれつ》があやしくなっていた。

六

「あらまあ、もうお寝《やす》みでございますか」

酒を運んで来た女将《おかみ》のお染《そめ》が、脇息《きょうそく》に凭《もた》れて眠り込んでいる屏山を見て微笑んだ。

幸四郎も笑った。

「昼から呑んでいたにしては、よくもった方だ。五つには駕籠が迎えに来るから、頼んだぞ。ああ、その酒は私が呑む」

酌をしようとするお染を、手を振って断った。

「少し考え事があるから、手酌でいい」

徳利を一人で空にしつつ、安藤目付から聞いた〝ほうき星〟や蒲原一家について、あれこれ想像を巡らしていた。

廊下の奥から、三味線をつま弾く音が流れてくる。

「……いやはや、それがしも驚き申した」

突然、隣室の酔客が野太い声を発して、ドッと笑い声が起こり、せっかくの静寂が破られた。だがそれから急に小声になり、ボソボソと何か密談が始まったようだ。

先ほどの塩辛声に、幸四郎は覚えがある。

陣内《じんない》某という、鰓《えら》の張った沖ノ口掛《おきのぐちがかり》の顔が浮かんでいた。どうやらかれは石狩役所へ出張し、無事に帰ったため、それをねぎらう宴が持たれたのだ……とやっと見当がついた。

石狩役所とは、北方警備の要所として、石狩川流域に置かれた出張所である。正式には〝箱館奉行所石狩詰役所〟という。

幸四郎が再び隣室に耳をそばだてたのは、何やら不穏なやりとりが始まっていたからだ。

「……言葉が過ぎますぞ、陣内どの」

誰かがたしなめている。

「真実を言ったまでだ」

陣内がつっぱねる。

「言葉に気をつけられよ」

「悪いことは悪いと言ったまで」

「何ィ……」

ドタドタッと人が動き、ガチャンと膳がひっくり返るような音が続いた。お止めなされ！……とまた誰かが止めている。

（まったく血の気の多いやつらだ）

幸四郎は苦笑し、盃を傾けた。

箱館に来てから、酒を呑んだ上の喧嘩というのがやたら多い。寒いせいか大酒呑みが多く、呑めば他人と議論を交わし、ワイワイと意見を言って、きっとどこかで衝突する。だが根に持たず、翌日はケロリとしているところがいい。

この奉行所には、酒席でその話題が出るときっと揉めるという禁忌があるのだが、どうやら陣内はその一つに触れたようだ。

おそらく〝荒井金助《あらいきんすけ》〟前石狩調役についてであろう。

三代目長官として石狩役所に赴任した荒井は、

「石狩の地は他日、必ずや、蝦夷の都となるだろう」

そう予言して、数々の大胆な改革をなし遂げた。

それが七年めにして何故か左遷され、一年ほど箱館の沖ノ口掛をつとめてから、室《むろ》蘭《らん》詰に飛ばされたのである。

幸四郎の着任は、荒井が室蘭に去る少し前だったため、僅かにその人を知っている。

いかにも北の原野に挑んだ者らしいその面構えに、好感を覚え、ぎりぎりで会えたことを幸甚に思った。

だが同時に、この荒井をめぐる評判は毀誉褒貶《きよほうへん》で、そこには奉行所内での複雑な政治的立場が、微妙に反映しているのを知った。

隣室の陣内某は、その荒井の配下にいた者だ。

(今の騒動もたぶんその関係だろう)

今は室蘭に逼塞《ひっそく》する荒井を思ううち、ある想像が幸四郎の、酒でいささか柔いだ頭にふと羽ばたいた。

大千軒岳にこもる〝ほうき星〟と重なるところはないか。

荒井が左遷された真相は判然としない。ただかれは多くの思い切った改革をしており、その一つに、アイヌとの商取り引きで暴利をむさぼっていた場所請負人、阿部屋《あべや》を罷免《ひめん》した事実がある。阿部屋は蝦夷きっての豪商であり、箱館奉行所との繋がりも深い。その辺に左遷の源があるのでは、という噂も耳に入っていた。

一方、ほうき星は、松前の商人を斬っている。

その理由は〝乱心〟と松前藩目付は言うが、ただ血迷って刃傷《にんじょう》に及んだ男に、アイヌの人々が心服したりするものだろうか。

あるいはどこかに似た事情が絡んではいないか……。

そんな考えが鬱勃《うつぼつ》と胸に浮かんでいたが、襖の向こうの声に気を取られ、消えていった。騒ぎも収まって、そろそろ引き上げるらしく、次の店を相談する声が聞こえている。

「もう一軒行くか」

「いい店があるぞ」

「……しかし長旅の後だ、無理するな」

「休みをとって、二、三日温泉に浸かって来ようと……」

そう返した声は陣内だ。

「どこの……」

「一本桜だ」

幸四郎は再び耳をそばだてた。

「あそこの亭主に、釣りの手ほどきを頼んである」

またがやがやと騒がしくなった。

幸四郎はすぐにお染を呼び、ある頼みごとをした。

七

「……陣内様がお越しになりました」

やがて廊下からお染の声がした。

うやうやしくお染が襖を開くと、陣内が顔を出した。

「ややっ、こ、これは……！」

奇天烈《きてれつ》な声が、鯉の張った陣内為吾郎《ためごろう》から上がった。その顔は目も鼻も口も大きいが、声もまたでかかった。

「ど、どうも失礼をば……ここにおられるとも知らず、見苦しい酔態をお目にかけ、まことにもってお恥ずかしい限りで……」

「わかった、もうよい」

畳に這いつくばった陣内を、幸四郎は手を振って遮った。

「酒は豪気に呑むのが何よりだ。あのおぬしの声では、悪企みでないことがよく分かる」

「またまた、きついことを」

畏まっていた陣内は、やっと破顔した。

「いや、退屈だから呼んだのだ。それ、この御仁はいったん寝込んだら梃《てこ》でも起きん。おぬしに、一杯付き合ってもらいたい」

「はっ、喜んで……」

陣内は幸四郎のそばに躙《にじ》り寄り、盃のやりとりをした。

「石狩はどうだったか」

「まだ寒うございました」

「室蘭に寄ってきたのだな?」

「はい、石狩から室蘭へ出たのでありますが、帰りの船の都合であまりゆっくりは出来ませず、それが心残りでした」

蝦夷には三十か所の幕府の勤番所があり、室蘭はその一つだった。

そこには調役下役の荒井を長とし、十人に満たぬ同心と足軽が詰めている。警護のためには、南部藩《なんぶはん》の出張陣屋が置かれ、エトモ岬には砲台が築かれている。もっともあの砲台では、小舟一つ撃てないと評判だったが。

「荒井どのには会って来たか」

「もちろんですが、風邪をこじらせて少し体調がお悪いようでした。この冬は、臥せりがちだったそうです」

　蝦夷づとめを終えた藩役人の多くは、寒さで体をやられ、死者も少なからず出ていると幸四郎は聞いていた。詰所はわずか板壁一枚の貧弱な造りであり、厳寒の季節、囲炉裏で暖をとって過ごすのである。

　荒井は、そんな石狩に七年、室蘭が二年である。

「そうか……」

　幸四郎は言った。

「箱館には設備のいい医学所がある。病状によっては、こちらでの療養も考えてはどうか」

「はい、それも考えておられるようで、改めてお伝え致します」

「ところで先刻、一本桜の温泉に行くとか申していたが……」

　幸四郎はさりげなく切り出した。

「主人の蒲原喜代次は不在であろう」

「はい……しかし、温泉に入るだけですから」

「おぬし、喜代次の消息は知っているようだな」

幸四郎は盃をあおって、言った。

その口調に、陣内は怪訝《けげん》そうに眼を見開いた。その何ごとにも動じそうにない顔付きが、幸四郎に言わせれば〝蝦夷顔〟というものだった。

「いえ、詳しいことは存じませんが、何か……？」

「蒲原喜代次は死んだという説がある」

「えっ」

相手は奇妙な顔になり、太い首を傾げて言った。

「そ、それは昨日のことでありますか？　それがし、帰りの船が一緒でありました」

陣内は、石狩から陸路で室蘭に出て、約束どおり待っていた商船に無事に乗ることが出来た。喜代次に会ったのは、この船の中だったという。

「人違いではないか」

「支倉様。それがし、あの温泉宿には、もう七、八年通っておるのですぞ。それも年に三回は行きますから、間違えろといわれても間違えようもございません。話もしたのですから、もしそれで別人であったら、自分は……」

「分かった分かった。しかしその方、一体いつ帰ったのか」

「一昨日であります」

「………」

幸四郎はゴクリと盃の中身を呑み干した。そうであれば今日は二日め。もう自宅に帰っていても良さそうではないか。

「船を下りた時、喜代次は元気だったのか」

「さように見受けました」

「ではあの者は、なぜ家族の元に帰っておらぬのか」

「はて……」

「蒲原喜代次とは、相当に無責任な男であるな」

いささか複雑な気分で幸四郎は苦々《にがにが》しく言った。折よく帰ってくれたのは有り難いが、むしろ不快で腹立たしかった。

「女のもとにでも寄ったか」

「………」

陣内は首を傾げて何か考えている。幸四郎はさらに言った。

「死んだのではないかと家族は案じ、探してほしいと訴えが来ているのだ」

このような無責任男と知った以上、話は進められないだろう。

「なるほど、そういうことでしたか」

幸四郎の剣幕に、陣内はやっと何か腑《ふ》に落ちたふうである。

「何か心当たりでもあるのか」

「いや、心当たりはございませんが、口ぶりからしてもしやと思う所がないわけでもありません……」

「ぜひそれを教えてほしい。急ぎ会いたいのだ」

「それがし、これから馬で一駈けして参ります」

「いや、場所を教えてくれれば、こちらから使いを出す。おぬし、次の約束があるのだろう」

「いえ、連中の目当てはコレですから」

陣内が小指を突き立てたので、幸四郎は苦笑した。山ノ上遊郭《やまのうえゆうかく》は遠いが、亀田のこの五稜郭の周囲には、それなりに岡場所が発展しつつあるのだった。

「では行ってくれるか。いま一筆認《したた》めるから、それを渡してくれればいい。返事はいらぬが、明日一番に様子を伝えてくれ」

「心得ました」

陣内は言い、大声で女将を呼んだ。

その声に、眠っていた屏山がむっくりと起き出した。

夜更けに帰宅した幸四郎は、さほど酔ってはいなかった。瓶から冷たい水を汲んで顔を洗い、柄杓《ひしゃく》に口をつけて一杯呑みほして、書見台に向かった。

だが、書類に没頭しようとすると、あれこれ思い浮かんで落ち着かなかった。まずは陣内と会えたかどうか、箱館のどこかにいるだろう喜代次のことが気になった。あの者には振り回された。任務の一件は、明日会ってみた上の話。場合によってはその無責任を咎めて、一件落着にしたいと思う。

そう思い決めると、今度は郁の愁い顔が瞼にちらついて、集中を妨げる。

いずれにせよ、あの娘にはもう会うこともないだろう。

ほろ酔い加減の幸四郎には、馬で追いかけてきて弾んでいる郁の全身が、あの辺りの木々の濃密な気配と共に、匂やかに思い出されるのだった。

二十五歳にして女っけのない自分の日常が、いつになく味気なく思われた。妻にしたいと願った女に裏切られてから、結婚などどうでもよくなってしまった。仕事一筋の日々が、むしろ清々《すがすが》しくさえ感じられていた。

いずれ母親が誰かを押しつけてくるまでは、このまま気楽な独り身を通したいと思っていたのに、今夜はどうしたことか。

幸四郎は立ち上がって、縁側の雨戸を少し開けた。

静かな、柔らかい春の夜の闇が、広くはないが木々の多い庭を潤ませている。甘い匂いがするのは何の花だろう。

幸四郎は、江戸牛込《うしごめ》の実家の庭に沈丁花《じんちょうげ》が咲いていたのを、思い浮かべた。あの花が咲き庭中がいい匂いで満たされるのは、寒さが和らぐ季節だった。そんなことを考えつつ庭を眺めてから、雨戸を閉め床についた。

目が冴えてなかなか寝付けないでいると、雨がひそやかに降り始めたようだ。

八

「主人はまだ帰らんのか」

翌朝一番に、『二本桜』の番頭兵助と面会した幸四郎は、のっけからそう問うた。

外は雨で、奉行所の広間は昼間でも行灯《あんどん》をつける暗さだった。

他聞を憚る話の時は、奥まった密室より、広間の中央で話すのが江戸にいた時からの常道であった。空間が広ければ、隣室からの盗聴や、廊下での偶然の傍聴は防ぐことが出来る。

「はい、主人喜代次はまだ帰っておりません」

紋服を着た兵助が、神妙に答える。

「十勝への商用と聞いていたが、相違ないか」

「はい、そう言い置いて出掛けました」

「しかし聞こえてきた噂では、喜代次は室蘭にいて、十勝には行っていないようではないか」

「は……？　十勝から回ったのでしょうか、手前にははっきり致しません」

「そなた、あの温泉について、何か書き付けを持っていないか」

「いえ、それは主人が持っているはずでございます」

「そうか。実は昨日、村役場に人を遣わし、拝借地元帳を調べさせたところ、意外なことが判明したのだ」

役場には人別帳と〝拝借地元帳〟があり、その土地を借りて住む住人の名前が記されている。

「元帳によれば、あの一本桜の土地は、蒲原喜代次ではなく能代《のしろ》峯《みね》次郎《じろう》なる者が借りているではないか。温泉も能代が発見したものという。そこで乙名の寺井権兵衛を呼んで訊いたところ……」

　飛んで来た権兵衛は、こう弁明したという。

「何せ村では、滅多に元帳など開かんので、はい。あの温泉のことでありますが、確かに掘り当てたのは能代というお人でしたが、その後、蒲原喜代次にすべて譲ったと聞きました」

　額に皺を寄せて聞いている兵助に、幸四郎は改めて問うた。

「能代峯次郎とは何者だ？」

「…………」

「そなた、すべて知りながら、嘘偽りばかり申しているではないか。何を企んでいるのだ？　正直に申さぬと、ここに泊め置くことになるぞ」

　ここに……というところで、扇子で畳を叩いた。

「企みごとなど、とんでもございません。存じていることはすべて申し上げます。能代峯次郎が、この地に入ったのは十数年前でございました」

　兵助の声は震え、額の皺がさらに濃くなった。

　熱い湯の出る温泉を探り当てたのは、実は、下湯川村で農業を営んでいたこの能代だという。

かれは細いケモノ道を広げ、傾斜地を削って平地にした。そこに小屋を建てて営業を始めた時に、病に倒れた。かれはこの温泉を、蝦夷に入植した頃に世話になった喜代次に託して、死んだという。

「なるほど。だが元帳に記載された名は、峯次郎のままだった。そのことをそちは承知していたので、主人の失踪を知っても、探す気配も見せなかったのであろう」

「探さなかったなど、とんでもございません。宿の者が総出で谷を探しましたが、見つからなかったのです」

額の皺がますます深くなった。

「そちが、温泉の権利を我が手にと考えたかどうか、すぐ分かることだ」

「とんでもない、何を仰せられます」

「…………」

幸四郎は、そばに控えていた杉江に合図した。

杉江は頷いて膝行《しっこう》し、隣室との境の襖をガラリと開けた。雨の音が急に高くなった。

「あっ」

一瞬兵助は、腰を抜かさんばかりに驚き、呆然と相手を見つめた。

「だ、旦那様で……？」

行方不明の主人がそこに鎮座していただけでも驚きだが、それは今までの主人の姿ではなかった。頭を丸め托鉢僧《たくはつそう》の姿をした、四十半ばの風采《ふうさい》のいい坊主が、そこにいるのだった。

日焼けした顔は頬がこけ、鼻の下と顎に蓄えた髭には白いものが混じっている。だががっしりした全身の印象は精悍《せいかん》で、とてもしがない温泉宿の亭主とは見えず、未だ山師と言われるような無頼の匂いを微かに漂わせている。

「『一本桜』亭主、蒲原喜代次にございます。先日は陋屋《ろうおく》までご足労頂きましたそうで、まことに相済まぬことでございました」

かれはその場に両手をついて、剃り立ての青青とした頭を下げた。

「まあ、入れ」

幸四郎の言葉にこちらの部屋に躙《にじ》り入り、再び深く一礼して、よく響く声で続けた。

「手前は三日前、商船で箱館に帰り着きましたが、少々思うところあり、その足で我が菩提寺《ぼだいじ》と決めた高龍寺《こうりゆうじ》に参り、出家致した次第にございます。昨日からは蒲原喜代次改め、蒲原千愚斎《せんぐさい》となりました」

「千愚斎……?」

「はい。一本桜の家には帰らず、念仏三昧《ざんまい》で寺に籠っておりました故、今朝は寺から、まっすぐこちらに参りました」

「では、まだ家族に会っておらぬのだな」

「はい」

「家族に代わって、そちに訊きたいことがある」

幸四郎は眉をしかめ、おもむろに口を開いた。

「その方は、旅籠を営み、何人か奉公人も抱える身ながら、半年も家を留守にしていた。その間、一体何をしていたのか」

「はっ」

うつむいたきり、喜代次は何も答えない。

何も返答がないのであれば、これまでである。幸四郎がそう言おうとした時、喜代次は咳払いして、ぽつぽつとこう語った。

「この坊主にも、少し前まで妻《さい》がおりました。このたびの旅は、その妻の弔いでございました」

妻は病身ながら、夫と過ごす日を郷里で待ち続け、昨年の夏の初めに死んだ。遺言は〝自分の遺体は火葬にし、骨を夫と同じ蝦夷の土に埋めてほしい〟というものだった。

喜代次はその言葉に心打たれ、何一つしてやれなかった自分の身勝手さを悔《く》い、虚脱状態で遺骨を抱いて上湯川まで帰ってきたのである。

それから二か月ほど後の九月のある晴れた日、骨を自分の菩提寺と決めている寺へ納めようと、骨壺を背負って家を出た。

だが骨壺に話しかけながら道を下るうち、あまりに気持ちのいい天気だったので、このまま寺に行くのが嫌になった。一度も郷里を出たことのない妻に、もう少し蝦夷地を見せてやりたい……。そんな気になって、その足でフラリと奥地へ向かって旅立ったという。

途中で倒れたらそれでいいと、覚悟の旅だった。

実際、途中で行き倒れ、アイヌに救われた。コタンで一冬を過ごし、春になって室蘭に出て、知り合いの船が来るのを待って、何とか帰ることが出来た。その旅の途上で深く思うところがあり、船を下りてすぐ、寺を訪れたのだという。

「ふーむ」

幸四郎は小さく頷いて言った。

「聞けば分からぬ話でもないが……。しかし、千愚斎と名を変えたからといって、ふらりと家を出て家族を不安地獄に陥れた無責任さは、購《あがな》われはしないと思うが、そこをどう考えている」

「はっ、まさに仰せの通りで、反省しきりでございます。ただ……」

「ただ？」

「なぜか、不思議と、宿のことはどうでもよくなってしまいまして」

喜代次は、頭をツルリとなでた。

「ただ、この番頭兵助がすべてを心得て、世間体の良きように計らってくれたのであります」

「温泉の利権について不安はないのか」

「そのことですが、一本桜については、実はこの蒲原喜代次〝一代限り〟の借り受けでございます。番頭が主人の失踪をひた隠しにし、出張と偽りましたのは、手前に万一のことが生じたら、温泉を取り上げられるかもしれないと恐れたからでして……」

「ほう」

幸四郎は、小さくなって俯いている兵助を見て、自分の勇み足を悟った。てっきりこの番頭が、主人の留守をいいことに、不届きな利権争奪を企んでいると邪推していたのだ。

小出奉行にこのとんでもない見当違いが知れたら、どんなお叱りを受けるだろう。

頭から思い込んで、それを元に推理を組み立てた自分の甘さ、不明を内心恥ずかしく思った。

「ではあの温泉は一代限りか」

「はい」

喜代次は頷く代わりに、肩をすくめた。

「でございますから、元帳は能代名のままでいいのであります。そのことには、手前、何の異存もございません。倅は別の道に進みたいと申しておりますし、娘はいずれ蒲原家から出る身でございます」

「ふむ」

「ただ……」

喜代次はまた、頭をなで上げて言った。

「能代一家は内地に帰り、今のところ消息は不明です。もし手前の死後、誰も現れないようであれば、借地人の名を能代から、現実に住み続けている兵助の名に替えて頂けないものか……と。いずれ奉行所に、お伺いをたてる所存にございました」

「なるほど」

幸四郎は、喜代次への胸の奥のわだかまりが、ようやく氷解するのを感じた。

「事情は分かった。考えてみよう」

そこで幸四郎は合図して人払いを命じ、襖を閉め切って、このにわか坊主と差し向かいになった。

静寂が室内を満たし、また雨の音も聞こえなくなった。

「実は折り入って頼みたいことがあって、そなたを探していた」

幸四郎はゆっくり切り出した。

「そなたの大千軒岳辺りの土地勘を、私に貸してもらえぬか。すなわち四月の初めから数日間、私に体を預けてもらいたいのだ。内容について今は、外枠だけしか言えない。今言えるのは〝ほうき星〟なる男を倒すことであり、命の保証はないということだ……」

九

じっと聞いていた喜代次は、しばし沈思《ちんし》してから、剃り上げた頭を下げて両手をついた。

「……大千軒岳という難しい山での任務にお声をかけて頂き、身に余る光栄に存じます。しかしながら正直申し、今はにわか坊主とはいえ仏門の徒、ネズミ一匹、殺生《せっしょう》は致さぬ所存にて……お心に添いかねるのでございます。それにあの世に片足入った身なれば、浮き世の難儀に対処する力は、もはや自分には残されていないと存じます」

「そうか……」

幸四郎は頷いて腕組みをし、無言で目を畳に落とした。

相手の申し立てはいちいち尤《もっと》もであり、これ以上の深追いは無益だと悟った。

ではどうするか。それを思うと、焦りに駆られる。

互いの沈黙に気詰まりを覚え、呼び鈴で用人を呼んで、茶を命じた。慌しい足音や人の気配が空気を揺らすと、たちまち雨の音や、遠くで襖を開け閉めする音が聞こえ始める。

ほっと空気が和むと、喜代次が口を開いた。

「ただ、支倉様……いろいろ制約もございましょうが、推薦したい者が一人おります」

「ほう、ぜひ聞かしてもらいたい」

「差し支えなくば、手前の倅、彦次郎をお連れくだされ」

「なに？」

幸四郎は、濃い眉を上げた。

「陶工の彦次郎が、いかなる役に立つのか」

「はい、手前が申すのも憚られますが、倅は一徹者《いってつもの》ながら、この父と同じ冒険好きの血が流れておるのでございます。父に向かっては、山師だ、詐欺師だと罵《ののし》る一方ですが、〝土探し〟を名目に誘えば、砂金探しと知りつつ、必ず付いて参りました。ずいぶん松前の山々を連れ歩きました。特に大千軒岳が多く……河原や、猟師の避難小屋で、幾度となく野営も致しました」

「ほう。しかし、経験を多少積んだとはいえ……」

幸四郎は腕を組み直し、苦々しげに言った。

「これはただの山歩きではないのだ」

「はい、確かに未熟者であり、そのような若輩に案内を託すことには、不安がございましょう。ですが、ご承知でしょうか、蝦夷の山はさまざまな危険に満ちております。一に天候、二にクマ、三に……アマッポでございます」

「アマッポ？」

「アイヌの仕掛け弓でございます。動物を仕留めるために、山中の木に仕掛けるのです」

それは、木と木の間に張られた紐《ひも》に動物が触れると、自動的に飛び出す自動発射式の矢である。紐の高さは、クマやシカなど、狙う動物の急所を射抜くように設定されているという。

矢にはトリカブトが塗られているから、射られれば、ほぼ一刻（二時間）で死ぬ。

「これが至る所に張り巡らされておるのです。そう、本道から一歩入ったケモノ道には、よく見られますな」

「ほう。聞いたことがある話だが……それほど仕掛けられていては、山に入れぬではないか」

「ただ、必ずそばの木の幹に、目印が書かれています。クマの顔とかシカの角とか……。ですから猟師はめったに引っ掛かりません。山菜採りに入った里の者や、内地から来た山師、旅人などに、犠牲者が絶えないのでございますよ」

「ふーむ」

「アマッポを見分けるには、眼力がものを言いますから、若くて馴れた斥候《せっこう》が必要です。その点、倅はまだ若く、アマッポにはよく馴れております。この父より目がいいので、今は先に立つことが多いのでございます」

「なるほど」

これは強力な応援演説である。そのようなこともあるかと思い知り、幸四郎は初めて大きく頷いた。

いかにも足腰の丈夫そうだった彦次郎が、ありありと瞼に浮かび、膝を叩く思いがした。

「鉄砲は撃てるか」

幸四郎は改めて言った。

「それはもう……」

父親は頷いて、受け合った。

「銃の腕前は確かでございます。狩猟のためより身の安全のため、専門の者に手ほどきを受けました。今までに何頭ものヒグマを撃っております」

考えてみれば、かれは自らこの新天地に乗り込んだのだし、瀬戸座が解散になってからはその再興を志し、なかなか気骨のある若者ではないか。

「もう一つ申し上げるなら、アイヌの言葉がそこそこ分かります」

「ほう」

「あの辺り、すなわち知内や上之国のコタンに逗留し、アイヌの若者と親しく付き合ったことがございました。その点でも、手前などより立派に、道案内のお役に立てると存じます」

「なるほど。しかしこれは危険な任務である」

「もとより、何事にも危険は伴いましょう。手前は今回の旅でも、生きて帰れぬものと覚悟しておりました」

「ふーむ」

「お許し頂けますなら、この千愚斎が説得致す所存でありますが、ついては、一つだけお願いがございます」

千愚斎の声に力が入った。

「何だ」

「倅は今、湯の川で、焼き物作りに励んでおります。任務成功の暁には、奉行所のお引き立てを賜れたら幸甚と存じます」

「よかろう」

幸四郎は頷いた。

「先ほど申した金子《きんす》の他に、いろいろな面で便宜を計ることは出来よう」

あの小野儀三郎には、報償金の他に小馬一頭と、貸与地の拡大を約束した。彦次郎にもまた、そんな引き立ては出来るだろう。

「ただ、時がない。今日中に返事がなければ、それまでと致す」

「心得てございます」

千愚斎は平伏した。


蒲原彦次郎は、その午後になって、単身で奉行所を訪ねてきた。折からの雨で濡れ鼠になっていたため、幸四郎は六助に命じて湯殿に案内させ、着替えを出させた。

つい今しがた父親から話を聞き、すぐに飛んで来たのだという。

「支倉様、手前はあの人と、初めて意見が合いました」

座敷で向かい合うと、彦次郎は乗り出すように言った。

「ぜひとも任務に、この彦次郎を加えてください。自分にどれだけのことが出来るか、試してみたいのです」

真っ黒に日焼けしたその顔は、今は父親より頼もしく思われた。

幸四郎は、大まかな日程などを話すにとどめ、詳細については近々に綿密な打ち合わせをするから、追って連絡すると告げた。

帰り際になって、幸四郎は言った。

「ところで、親父どのは頭を丸め、千愚斎と名前を改めたが、どう思うか」

「…………」

彦次郎はムッとしたように見える顔で見返し、

「その名は、父にふさわしいと考えます」

「ははは、ふさわしいか、そうか」

幸四郎が思わず笑い出すと、彦次郎もふっと肉厚な顔をゆるめて口許をほころばせた。

兄はずんぐりして肉厚で、ほっそりした妹にはまるで似ていないと思っていたが、笑うと口許に無邪気さがこぼれ出て、郁を彷彿《ほうふつ》させる。

そんな彦次郎の顔をつくづく見ながら、ぶじ生還すれば、あの郁の淹れる茶をもう一度呑むこともあるだろう……。無事帰ってきた暁は、あの一本桜が咲くのを見に行こうか、と思って胸を熱くした。

第三話　独眼《ひとつめ》の男

一

翌朝も、幸四郎は早くから馬で出掛けた。

目指すは大野村《おおのむら》。従者は、今日も家僕の与一ひとり。早朝、ウメがこしらえた弁当を携帯していた。

野のあちこちで、ウグイスがかん高い声で囀《さえず》っている。昨日の雨で土が柔らかく、時に馬が水溜まりに入ると、水が膝の辺りまではね上がった。

一雨ごとに、野山の自然が鮮やかに甦ってくるのが、目に見える季節だった。

大野村とは、箱館山の麓から眺めると、ちょうど対岸を奥（北）にまっすぐ入った辺りになる。五稜郭から馬で行けば、はるか蝦夷の奥地まで続く街道を、一刻（二時間）ほど分け入ることになる。

あちらこちらに残る原生林を抜け、丘陵地帯に広がる畑地を進んでいくうち、幸四郎はふと馬を止めた。笠を上げて辺りをとっくりと眺め、呟いた。

「水田だな」

まだ田起こししていない水田が、目前に広がっている。

寒冷で米はできないとされる蝦夷地だが、実はこの地域だけでは米が採れていた。元禄年間、この大野村で初めて米作りが試みられ、水田発祥の地とされたのである。

「一度来てみたい、と思っていた所だ」

幸四郎は言い、与一と馬を並べてしばらく眺めていた。


ちなみに北海道の米について——。

筆者が子どもの頃、北海道で採れる〝道産米〟は、まずい米の代名詞のように言われていた。

いつか、ラジオで道産米の話を聞いていた父が、「何も北海道が、まずい米を作る必要はないんだ」と呟いたのを、今も印象的に覚えている。

ところが最近の道産米のおいしさには、驚かされた。

たまたま宅配で、某銘柄の有機七分づきというのを取ったのだが、魚沼《うおぬま》産コシヒカリ(年に一度、友人が送ってくれる)もかくやと思うおいしさだった。収穫量も今や日本で一、二を争うというから、温暖化と、品種改良の労苦のおかげだろう。毎日舌つづみをうちながら、今昔《こんじゃく》の感に堪えない。


「……大野村に、新吉《しんきち》という腕ききの猟師がおります」

と教えてくれたのは、福嶋屋嘉七だった。

「先代からの付き合いでして、いい仕事をしてくれますよ」

一発でクマを仕留めるのでどの毛皮もきれいで、いい値で売れるのだという。

新吉はもう四十半ばになるが、三十代の俊敏さだともいう。

夏季は大野村で農業をしており、秋から翌春にかけての猟期には、大千軒岳界隈の山にわけ入って、狩りをする。十五、六で父に従い松前の山に入ったというから、かれこれ三十年に及ぶ狩猟歴を持っている。

祖先は津軽の出で、何代か前にマタギの血が入っているのを、新吉は誇りにしているらしい。

父の代に松前に移り住んで育ったが、今は箱館にほど近い大野村の入植地に入り、妻子と共に畑を耕す。妻は乙名（村長）の娘である。その狙撃の腕を買われて、村の自警団の長をつとめ、畑に侵入してくるクマや狼を、数えきれないほど仕留めてきたという。

「村役場には、その剝製《はくせい》や古い銃などが展示されておりますよ」

「では、この者が村一番の猟師というわけだな」

「まあ、新吉の他にも腕がいい猟師はいますがね」

嘉七は考えるように少し口を噤《つぐ》んで、

「あまりクセが強いと、隊が纏《まと》まりませんから」

すでに、それとなく新吉の内諾も得ており、幸四郎に異存がなければ、いつでも奉行所に出向いてくるという。

異存などあるわけもない。

それどころか幸四郎は、自分から直々《じきじき》に村に乗り込み、クマについての知識を仕込んできたいと望んだ。

奉行所の奥座敷で、火鉢にあたって聞くよりも、クマの剝製や銃を見ながら聞く方が臨場感があるだろうと。

道がぬかるんで土が重いため、村の入り口が見えてくる辺りで、五つ（十時）の鐘を聞いた。

有り難いことにそこに若い村役人が待っていてくれ、ほど近い村役場に案内してくれたのである。

訪問の表向きの名目は〝畑地を荒らすクマ対策〟で、村一番の猟師新吉から体験談などを聞くというものだ。

新吉はすでに嘉七から外枠だけは聞いていたから、幸四郎は何らかの口実をつけて二人だけになり、話を詰めるつもりだった。

導かれた役場は、丸太をむき出しにした素末な造りだが、入ってすぐの広い土間には、立ち姿のヒグマの剝製が飾られていて、恐ろしいほどの迫力があった。

板戸で仕切られたその奥の溜り場（集会室）には、この季節でもカッヘルが暖かく燃えていた。

「どうも、遠くからようおいでなされた」

座敷の上がり框で煙草を吸っていた二人が、立ち上がって挨拶をした。その小太りの白髪の老人が、村の有力者で乙名の犬山善兵衛《いぬやまぜんべえ》である。

もう一人の色黒で細顔の、四十そこそこにしか見えない男が、お目当ての新吉だった。しなやかな長身に、黒光りする毛皮の袖なし胴衣を着込んでいて、油断のなさそうな身ごなしだ。

ひとしきり和やかな挨拶が行き交ってから、カッヘルを囲む縁台に皆は落ち着いた。見計らったように、先ほどの若い役人が、湯気のたつ茶碗を盆に載せて運んでくる。

舌の灼けそうな熱い茶に、身欠きニシンと野菜を漬け込んだ〝ニシン漬け〟が添えられており、これは蝦夷流のもてなしだった。

母親のいれるぬるめの茶に馴れている幸四郎には、冷たいシャキシャキした漬け物を食べつつ、ふうふう吹いて啜る茶は勢いがあってたいそう旨く感じられた。

「さあ、クマのことなら、この新吉さ訊いてくだされや」

犬山老人は茶を音高く啜りあげ、愛想良く言った。

「新吉は、村一番の鉄砲撃ちでして、獲物を狙えば百発百中……ここにある剝製は、どれも新吉が仕留めたものですて」

すると新吉は、恐縮したように頭を下げ、

「わしがお役人様さ喋れることは、クマぐらいですでの。どうか遠慮なしに訊いてくだされ」

「さて、何から訊いていいか……」

幸四郎は笑って首を傾げた。

「それがしのような江戸者には、山中でクマに出遭ったらどうしていいか、見当もつかない。飛んで逃げるがいいか、死んだフリするか……。この機会に、その方法をとっくり伝授してもらいたい」

「いや、それはごく当然の疑問です」

新吉は如才《じょさい》なく笑って、周囲の板壁にずらりと飾られたエゾシカの首の剝製を見回した。

「蝦夷のヒグマはでっかくて、獰猛《どうもう》だでな、わしもおっかないですよ。しかし、クマばよく知れば、猛獣と恐れることもなくなります」

「なるほど」

「自分はこれまで、二百回はクマに遭遇しとりますが、まあ、今でもピンピンしとります。むやみに騒いで敵ば刺激しないこと。人間と同じで、慌てて敵に背中を見せて逃げんことで……」

その時、ガラリと勢いよく戸が開いて、しゃがれた大音声《だいおんじょう》が響きわたったのだ。

「抜かすな、馬鹿野郎！」

皆は仰天して、一斉に振り返った。

そこに赤ら顔で、片目に眼帯《がんたい》をした大男が、仁王《におう》のように立っていた。

二

「……クマが猛獣でねえだと？　どこの馬鹿が、そんな寝言ばほざくだ。出会ったら慌てて逃げるなだと？　へっ、真っ先に逃げた奴はどこのどいつだ！」

吠えたてながら、いきなり男はずかずかと入って来た。

「百貫を超すヒグマと、せいぜい三十貫の内地のクマを一緒にするでねえぞ。蝦夷のヒグマは、ただの一撃で、牛馬を叩き殺すだ。骨をへし折って、嚙み砕いてしまうだ、あんたら、こいつの言いなりなってりゃ、たちまちクマに食われちまうぞ」

「ち、ちょっと、独眼《ひとつめ》の親方……」

若い村役人が慌ててそばに飛んで行く。

「こちらをどなたと心得るか、箱館から見分に来られた御公儀のお役人様ですぞ、無礼があってはならぬのだ。用向きは後でじっくり聞くから、ここは引き取ってもらいたい……」

言いつつ腕を取って、外に連れ出そうとした。

だが男は、丸太のように太い腕で振り払い、いかにもうるさそうに役人の制止を一蹴した。何しろがっしりと胸板厚く、上背のある大男で、普通の体格の男が押しても引いても、ビクともしない。

その巨体に羽織った灰色の毛皮の胴着、土で汚れたたっつけ袴、背中に背負った鉄砲……。その姿はどこからどこまで、猟師であることを物語っている。

何より男を特徴づけているのは、一つに束ねたぼさぼさの髪、髭だらけの赤ら顔に加えて、左目に無造作に斜めがけした黒い眼帯である。

その眼帯の下から、明らかにケモノの爪で抉《えぐ》られたような跡が三筋、延びている。覆われていない方の目は、ぎょろりと大きく見開かれていて、白目の部分に血管が赤く浮き上がって血走っており、その目はヒタと新吉を睨みつけていた。

「半蔵《はんぞう》、何しに出て来おった！」

犬山老人が立ち上がって、追い出すように手を振った。

「外さ出れ、外さ……話はわしが聞くべえ」

「爺さんに話なんかねえ、大人しく座っとれ」

半蔵と呼ばれた男が、その太い腕でドンと一突きしたから、犬山老は縁台から転がり落ちそうになって、新吉に支えられた。

茶碗が土間に転がり落ち、ガチャンとけたたましい音を立てて割れた。

「顔が赤いぞ、また酔ってるな」

新吉が、諫《いさ》め口調で言った。

「なに、赤いのは地顔だ。お役人様に申し上げてえことがあって来たんだ、呑むはずねえ」

「半蔵、わしに用があるなら、外で聞こうでねえか」

そこへ、屈強そうな若者が二人飛び込んできて、力ずくで半蔵を連れ出そうとした。先ほどの若い役人が、どこからか引っ張ってきたのである。

「まあ、待て」

黙って見守っていた幸四郎が、初めて二人を制した。二人が下がると、おもむろに半蔵に向き直った。

「ぬしは半蔵と申すのだな。見たところ猟師のようだが、何か言いたいことがあるなら、申してみよ」

するとと犬山老が、慌てて口を挟んだ。

「この者は猟師でありますが、村一番の乱暴者でして……」

「ああ、わしは乱暴者だが、誰かみてえな腰抜けでねえぞ」

先を言おうとするのを、新吉がまた思い切り背を突いて、黙らせようとする。

「さっさと帰れ、この悪党！」

老人は怒って言った。

「何でここさ来た、誰が手前なんぞ呼んだ？」

「ああ、その通りだ、爺さん、わしを招《よ》ぶ者などこの村にはおらんだよ。女房はとっくに逃げたし、親兄弟も寄り着かん。わしは鼻つまみ者だが、その鼻がよく効くんじゃ、はっはっは……」

少しどもったりつかえたりしながら言う半蔵に、幸四郎は、少し厳しく問うた。

「……ぬしは何が言いたい？」

「いんや、たいしたことじゃねえ、お役人様に忠告しておこうと思っただけだ。腕っこきのクマ撃ちを探すんなら、いざとなっても逃げねえ奴を探しなせえとな。つまり旦那、わしが申し上げてえのは、クマを仕留めるにゃ、鉄砲だけじゃだめだってこってさ」

喋りは苦手らしいが、半蔵の声は野太くすがれていて、脈絡もなしに吠え立てる感じだ。

「クマは生き物じゃ。山奥にねぐらがあって、自然のまま生きてる山の衆だで。右向けと言っても見ねえ、銃で狙える所ばかりに都合よく出ても来ねえ……。うかつに発砲しちゃなんねえこともある。ところが銃の腕を自慢したがる小心者に限って、すぐ発砲したがるものなのだ」

「もっと具体的に申せ」

幸四郎は少し苛立っていた。思いばかりが先立って、要点が分からない。

「アイヌは剛胆でな、クマを出来る限り引き寄せて射止めるだ」

半蔵は、矢をつがえる仕草をした。

「連中は銃を使わねえ。七間《しちけん》まで近づけ、確実に矢を射て、逃げる。さらに五間まで追ってきたところを、また射る。そうやって最後はタテ（クマ槍）で仕留めるだ。わしはアイヌから矢の使い方を教わっただ。矢でも駄目な時は、組み討ちになることだってあるだ。それしかやり様がねえことが、山にはあるだで……」

と黒い眼帯を片手で叩いて、半蔵は続けた。

「そこまでやらなけりゃア、一人前の猟師とは言えねえだ。分かるかね、江戸の旦那、銃の腕は大事だが、もっと大事なものがあるってことだ。そいつはこれじゃ」

厚い胸板を、こぶしでドンと叩いた。

「肝っ玉というやつだ」

「…………」

空気に呑まれたように、幸四郎は呆然としていた。

この者が何を伝えたいのか十全には分からないまでも、確かなのは、新吉が一人前の猟師ではないと言っていることだ。

新吉も犬山老人も沈黙し、青ざめた顔で相手を睨みつけている。

(半蔵はいかにも無頼漢めいているが、その言葉には真実がある)

幸四郎は、そんな感銘を受けていた。

「ははは……聞いたか、鉄砲自慢の新吉よ。わしに言わせりゃ、テメエは腕ききのクマ撃ちに違えねえが、猟師としちゃ半人前だ。うん、猟師というより狙撃兵だな……」

言いかけた時、つまみ出せ……の犬山の声がして、背後から先ほどの二人の若者が襲いかかった。

また茶碗の割れる音がし、さすがに幸四郎は立ち上がった。

だが半蔵は、カッヘルのある室内で乱闘になるのを避けて、自分から部屋の外に飛び出していた。

幸四郎の耳に最後に届いたのは、ははは……という傍若無人のしゃがれた高笑いだった。

どのように村役場を出たのだったか。

無頼漢の立ち去った気の抜けた空気の中で、ともあれ幸四郎は、熱い茶をもう一杯所望し、犬山老人の弁明をひとしきり聞くことにした。

老人の話では、新吉より三つ年下の半蔵は、新吉を兄のように思い、何年か前までは共にクマを追う猟師仲間だったという。

だがある時、大クマと出会って組み討ちになり、右目を奪われる大事故があってから、人が変わったというのだ。すなわち両目で見ていた世間の、片方を封じてしまい、片目だけで物を見るような偏屈な男になったと。

事故があったのは、五年前の春先のことだった。

二人は、冬籠もりから醒めて出て来るクマの巣穴に、罠を仕掛けていたのだが、様子を見に行って、そこに子グマがかかっているのを知った。子がいるなら、母親が近くにいるはずだ。

この場を離れようとした時、背後の丈高いチシマザサの茂みからいきなり大ヒグマの岩のような顔が現れたのだ。

あまりに距離が近く突然だったため、新吉は尻餅をついて、銃を構える余裕がなかった。だがこの時、弓矢を携帯していた半蔵は、とっさに矢をつがえて射かけた。ヒグマが怯んだ隙に、新吉はその場を這って窮地を逃れた。腹に矢を射られたクマは、猛りたって半蔵に向かってくる。半蔵は後ずさりしながら三矢まで射て、その後は腰にさしていた山刀を打ち込んで、血みどろの組み討ちになった。

その取っ組み合いで、半蔵は左目に張り手を受けたのだ。

逃れた新吉は、正面からクマを狙い撃ちした。

さすがに慌てていたため弾はクマを擦っただけで、結果的にはそれたのだが、恐れをなしてクマは逃げ出した。叶わないと悟ると、クマは退散するものだ……。

「わしは逃げたわけでは絶対ない。わしの弾のおかげで、クマが逃げたのです。あの時、撃たなければ、半蔵は目ばかりか、命も奪われたところだった」

新吉は怒りで声を震わした。

「それをあの者は、わしが早く撃たないから目を潰されたと逆恨みし、執念深くあのように罵るのです」

頷きながら幸四郎は聞き、茶碗が空になると、ゆっくり身づくろいを始めた。

「事情は分かった。無頼の言い分は、気にすることはない。例の件については追って沙汰しよう……」

というようなことを言い置いて、早々に村役場を出たのである。

三

幸四郎主従は、南に向かって延びる箱館への街道筋を少しだけ進んだが、やがて外れた。

四半刻（三十分）後には、大野村の林道を抜け、トド松の密集する小高い山の中腹に達していた。

送って来た若い村役人に、半蔵の住処を聞き出して、途中まで案内させたのである。クマ撃ちの話について、一方だけの話では分からない。両者から事情を聞かなければ公正を欠くだろう、そう理由を言ってのことだった。

丘をわたる微風にサワサワと笹が揺れ、クマではないかと背筋が寒くなったが、この辺りまでは下りてこないという。木の間隠れに素末な掘っ立て小屋が見えて来ると、他言を禁じて役人を返し、与一と二人だけで馬を進めた。

その板囲いの小屋は、中腹の木の陰に、這いつくばるように建っている。犬の吠える声がしていて、しばし幸四郎はその前に佇んでいたが、思い切ったように板戸を叩いた。

ややあってガタリと戸が開き、あの半蔵が顔を出した。

「や、お役人様で……」

さすがの無頼者も、一瞬ギョッとしたように、その血管の浮き出た独眼をむいた。縁もゆかりもない奉行所役人が、戸の外に立っているのである。

「このわしに何か御用でも……？」

せいぜい愛想を繕って言ったが、先ほどの威勢の良さはどこへやら、不安の滲んだ口調である。やはりどこか後ろ暗いものがあるのかな、と幸四郎は思った。

「突然で、驚かせたかな。実は先ほどの話を、もう少し詳しく聞かせてもらいたいのだ」

「…………」

その真意を確かめるように、疑わしげな強い視線を向けてくる。

「先ほどの話たぁ、どの話で？」

「新吉の話だ。クマを撃ち損なったのだろう」

すぐに戸が大きく開かれた。

白い犬が激しく吠えたが、土間の柱に繋がれている。戸を叩いてから出てくるまでの間に、どうやら繋いだようだ。

中は薄暗く、薫製でも作ったような匂いがたちこめていた。

目が馴れてくると竈《かまど》のある土間と、囲炉裏の掘られた六畳ほどの板の間があるだけで、壁にはいろいろな物が下がっている。

「旦那、一杯やるかね？」

幸四郎と与一が囲炉裏のそばに胡座《あぐら》をかいて座ると、半蔵は土間に立ったまま言った。

「いや、今は遠慮する。それより茶を呑みたい。不調法ながら、腹が減った。ここで弁当をつかわしてもらっていいかな」

幸四郎は言い、遠慮するふうもなく与一に弁当を広げさせた。

「旨い握り飯だ、ぬしも一緒に食え」

さすがに半蔵は半信半疑の様子で、幸四郎の顔と握り飯を見比べていたが、何とも言わずに上がり框に腰を下ろして、茶の支度を始めた。

「……わしは新吉の鉄砲の腕は認めておるだ。だがクマと見りゃ、助っ人連れて山に入り、片端からドンパチやる。あれじゃ命を捧げるクマに対して、申し訳がたたねえ。クマ撃ちの猟師らも、おまんまの食い上げって話よ」

「ふむ」

「わしらと違って、やつは箱館の大商人と結んでるだ。注文があるだけ殺すだよ。あいつの年間の狩猟高は、わしらに比べりゃケタ違いさ……こんな話でいいのかね？」

「あの新吉を腰抜けというが、一体なぜそういうことになるのか、その辺りの話を聞きたい」

「ああ、あれか……いやア、ありゃァ面白い話でも何でもねえ。ケチな話だでな」

半蔵は声を上げて笑った。

かれの語る話は、新吉らに聞いた話と、だいぶ違っていた。

あの時、クマが背後に現れたと知ったとたん、新吉は恐怖と驚きで叫び声を上げ、銃を構えることが出来なかった。

半蔵は威嚇の声を上げながら、クマの心の臓を狙って一矢射かけた。それが命中し、クマは猛りたって襲ってきた。

その間に新吉は、危険な距離から這って抜けだした。そこからすぐ銃を構えて、一発見舞ってくれればクマは倒れる。少なくとも追い払えると半蔵は読んでいた。だが一向に、銃は撃たれない。

新吉よ、撃て、撃て……と叫びつつ、半蔵は第二矢を射た。

「やつは、腰が抜けちまって撃てなかったんだ。それどころか、クマが見えない遠くまで、必死で這って逃げたでな。そりゃそうだべ、肩の後ろにヒグマの顔が現れりゃ、誰だって肝が縮んで腰ば抜かすさね」

第二矢は眉間を射抜いた。

猛ったクマが左手を振り上げて襲いかかり、半蔵の左目を引っ掻いた時、やっとズドンと銃の音がした。一緒に山に入っていた別の猟師が、騒ぎを聞きつけて丘を登りつつ、威嚇射撃したのである。

それでクマは逃げ出したのだ。

「逃げるのが精一杯だったのは、仕方ねえだ……。許せねえのは、自分は一発撃って、命中させたとぬかしやがった。その一発で、クマば追い払ったと。そればかりでねえ、わしが眼をやられたのは、弓矢で立ち向かうという時代遅れの戦法のせいだと……。この半蔵も銃を持っていたら、倒せたはずだと言いふらしやがった」

「なぜ、ぬしは鉄砲を持たなかった？」

「巣穴のそばでは、あまり音は立てん方がいいからだ。仮に子クマがいれば、母クマが出てきて面倒になるでな。鉄砲はやつが持っておるから、わしは鉄砲を置いて弓矢にしただ」

　半蔵は、大きな縁の欠けた湯呑みに、並々と濃い番茶を注いで出した。

「わしらの若い時分は、まだ銃は使わなかった。槍と弓矢だけでな」

　半蔵は音をたてて茶を啜り、握り飯にかぶりつき、中に入っていた鮭を犬に放って食べさせて、続けた。

「そんなわしより年長の者が、弓矢ば馬鹿にするとはどういうこった。あの新吉は、子どもの時分から山さ入ったと言うが……どうもそりゃ嘘だな。やつは初めっから鉄砲を習って、鉄砲で獲物を仕留める訓練を受けとったんだ。たぶん……いや、これはわしの想像だが、昔、どこかの藩の鉄砲隊にいたんでねえべか」

　蝦夷の各地には、東北六藩のいずれかの陣屋があり、鉄砲や大砲の訓練を積んだ警備兵が詰めているのだ。極寒の地の警備に嫌気がさし、逃げ出す者は少なくないという。

　もちろん、新吉がそうだったかどうかは定かではない。

　山に入ることになった事情は謎だが、ずいぶん昔からクマや鹿の毛皮を売って暮らしている。今は犬山善兵衛の娘婿であり、村一番の鉄砲撃ちと衆目が認める〝名士〟

なのだった。

「なるほど、面白い話を聞いた」

幸四郎は握り飯を二つ平らげ、茶を啜って言った。

「そんな話もあろうかとここまで来たのだが、来たかいがあったというものだ」

初めて表情が和らぐのを感じていた。(この男しかいない)という確信が、かれを安堵させていたのである。

「さて独眼《ひとつめ》の半蔵」

膝を進めて言った。

「実は、頼みたいことがあって参ったのだ。ぬしのその独眼を見込んで、折り入って頼みたい」

「ほう?」

相手は抜け目なさそうに、血走った目をむいた。

「四月の初めから五、六日ばかり、この支倉幸四郎に体を預けてもらえないか。ただし、詳しい内容はまだ言えぬ。いま言えることは、仮に〝ほうき星〟と呼ばれる男を倒すことだ。それについては、報酬は保証するが命については出たとこ勝負だ。むろん、断っても何ら差し支えないが、他言は無用だぞ」

「何だか知んねえが、わしのこの独眼に惚れ込んだとは、変わった旦那だな」

半蔵はガブリと残りの茶を呑み干して、言った。

「ただし、わしはクマ撃ちしか能のねえ男よ。博打《ばくち》はやらんが、酒は浴びるほど呑み、虫の居所次第で大暴れするらしい、ははは……他には何もいらねえ。そんな男と承知の上か」

「その通りだ。ただし、任務中は酒はご法度《はっと》だ」

「ようがすとも、旦那、合点《がってん》だ。万が一、命を失ったところで、泣いてくれるのはこのシロだけだでな」

半蔵は、土間におとなしく座って尻尾を振っている白犬に、片目を向け、慈《いつく》しむような視線を注いだ。

「シロというのか。ちなみに留守の間はどうするのだ」

「いつも知り合いに預けまさァ。わしにだって、犬くらい預かってくれる女はおるのだよ。いや、犬だけのこって、このわしば預かってくれりゃもっといいんだが、ははは……」

帰りの馬上で、幸四郎はしきりに思いを巡らしていた。

福嶋屋嘉七は、なぜ新吉にしたのか。新吉についてどのくらい真実を知っていたのだろうかと。あの聡明な嘉七のこと、すべてを承知の上で、扱い易い新吉がいいと計算したものか。

（食えない男だ……）

新吉に引き換え、あのクマ撃ちしか興味のない動物じみた半蔵では、意のままに操るのが難しかろう。

味方として九割方は信じられそうだが、あとの一割は不明である。頭の暗がりに何が潜んでいるか、幸四郎にも予測がつかない。

だが、この男を使いたいという決意は揺るがなかった。

残るは、アイヌと話が出来る通詞《つうじ》である。

それについても、嘉七を通したくはない。

実を言うと、幸四郎には一人、意中の者がいた。その者を使えるかどうかは、小出奉行の胸一つだった。

第四話　巴御前《ともえごぜ》

一

〈報告書〉
小野儀三郎（二十歳）福嶋屋手代
桔梗野在住。手代のかたわら馬牧場を経営し、畜産に励む
特技：髄心流馬術、フランス式馬術
武器：ミニエー銃
蒲原彦次郎（二十六歳）陶工
下湯川村在住。美濃座を結成して作陶に励む
特技：山中の道案内

武器：火縄銃

独眼の半蔵（四十前後）猟師

大野村在住。松前半島における猟師歴二十五年

特技：クマ撃ち

武器：火縄銃、アイヌ弓

「ふむ、供は三人に絞ったか。馬術の小野儀三郎……、道案内の蒲原彦次郎……、クマ撃ちの半蔵……」

小出奉行は、幸四郎から渡された報告書を見て一人ずつ声に出して読み上げ、しばらく質疑応答があった。

それが一段落してから、奉行は改めて言った。

「この儀三郎はミニエー銃を持っておるのだな。撃ち方はどこで会得したものか……」

「あの者は、一橋公の騎馬隊におりました。そこで、最新式のミニエー銃による射撃の訓練を徹底されたようです」

「なるほど。幕軍は全般に銃において立ち遅れているが、さすがに直属の軍は進んで

おるな。今はゲーベル銃はすたれ、この銃が主流であろう」

　奉行は、問いかけるように幸四郎を見た。

「はい、他にもフランスのシャスポー銃などさらに最新鋭がございますが、ミニエー銃は高価ながら命中率がずば抜けて高く、扱いも簡単なので人気があるようです」

　三町（約四百メートル弱）離れて撃って、二発に一発は当たる。

　だがゲーベル銃は、二十発に一発だという。この慶応《けいおう》年間には、ゲーベル銃はすでに古くなりつつあり、長州藩や薩摩藩などでは、今やミニエー銃が主流になっていた。

「ただし仰せの通り、松前藩、東北諸藩の銃は、まだ火縄銃が一般のようです」

「それでは北辺の護りも危ないものだな」

　小出奉行は苦笑して呟いた。

「ところでこの半蔵は独眼とあるが、どうしたのか？」

「ヒグマと格闘して目を奪われたとのことです。ただ火縄銃とはいえ、一発で仕留める狙撃の名手であり、矢でも仕留めると聞いています」

「ふむ、凄いものだな」

　奉行は頷いた。

「この三人は問題ないと思う……しかし、もう一人、アイヌと話せる通詞が必要ではないか」

その指摘に、幸四郎は平伏して言った。

「御意にございます。つきましては、折り入ってお願いしたき儀がございます」

奉行は書類から目を上げ、不審げに言った。

「申してみよ」

「はい、通詞として、しばらくお借りしたい者がおります。女囚の巴《ともえ》であります」

「巴……？」

小出奉行は驚いて、眉間に皺を寄せた。

「あの囚人を、牢から出せと申すのか」

「はっ」

幸四郎は微笑して、自信ありげに見返した。

「ご承知のとおり、巴はアイヌ語をよく解し、あの辺りの山岳の歩行にも馴れております。通詞、ならびに案内役として役立つかと存じます」

巴は松前出身の女で、当年十八歳。

和人だが、生まれてすぐ山に捨てられていたのをアイヌに拾われて、コタンで育てられた女である。

数年前にコタンを出て、箱館弁天町の海産物問屋『松屋』に奉公していたが、二か月前の深夜、血腥《ちなまぐさ》い事件を起こした。

酔って床に入って来た中年の番頭を、包丁で刺し殺したのである。すぐに夜の町に逃げたが、近くの埠頭で血まみれで立っているところを町方の役人に捕まった。

本来ならば獄門だったが、手籠《てご》めにされかかって操《みさお》を守ったのである。一抹《いちまつ》の情状酌量の余地があるとされ、極刑を免じられて内地の鉱山に送られる刑が決まった。鉱山では、飯炊きだけでなく、鉱石の選別や運搬にも女囚は多く働いていた。

今はその船が来るのを、待つ身であった。

「しかし……」

小出奉行は濃い一文字眉をひそめて言った。

「そなた、女を討伐隊に加えると申すのか？」

「女と申せ、男より役に立つ者もおります」

「女は魔性である」

「え？」

小出奉行らしからぬ言葉に、幸四郎は度肝を抜かれた。生え抜きで白日の下を歩いて来たこの人物にも、そのような観察があるのかと。

「市中ならいざ知らず、男でも難儀な山中に入るのだ。それに女がいれば空気が乱れ、戦力も落ちよう。女は好ましくない」

「自分もそう思っておりました。マタギは決して女を山中に入れないと申します。でありますが、ある噂を耳にしてから、気が変わりました。実は巴はほうき星の〝女〟だった、と言う噂がございまして……」

「ほうき星の女だと？」

愚か者、と言いたげな視線が突き刺さった。

「あ、いえ、そういう意味ではございません。ほうき星の〝女〟であった……かどうかは、ただの風評なのです。つまり、巴は少なくともほうき星を知っているという点が大事です。知らないより、何かと使えるのではないかと……」

「噂の出所は？」

「その噂を、自分は意外な人物から聞きました」

二

その新情報をもたらしたのは、驚いたことに、イギリス人材木商で、鳥類学者のトーマス・ブラキストンだった。

　このブラキストンと、つい二、三日前に福嶋屋の近くでばったり出会った。ブラキストン製材所は、そこからほど近くの、湾に突き出た埋立地にあったのだ。久しぶりの邂逅《かいこう》だったから、どちらからともなく誘い合い、ロシアホテルでコーヒーを呑んだ。

　ブラキストンは少し前までカタコトだった日本語が、かなり上達しており、もっぱら話題はかれの愛する屏山の絵の話だった。

　幸四郎と親しくなったのも、屏山のおかげである。頼んだ絵を屏山がなかなか描いてくれないため、ブラキストンは怒って、西洋流に一発見舞ったのだ。その場にたまたま居合わせた幸四郎が、二発目めを押しとどめ、それ以上の騒動を防いだ。

　このイギリス人の口から、およそ縁のなさそうな久留津の話が出たのは、偶然だった。帰り際になってふと思い出したように、ブラキストンは声を低めた。

「そうそう、忘れてました。そのうち訊こうと思ってたんだが……ええ、二月頃に、この先の弁天町で事件を起こした女がいますね。何といったか……その女はもうゴクモンになったのですか？」

　ブラキストンの、覚えたての日本語に苦笑して言った。

「ああ、『松屋』の番頭を殺した女ですね。巴ならまだ牢におりますよ。近々にも内地の鉱山送りになるとか」

幸四郎が答えると、大きく頷いた。

「そうそう巴でした。そうですか、ゴクモンでなく鉱山送りですか」

「巴がどうかしましたか」

「いえね、ワタシ、先月、松前から木材を運んで来た人夫に、トモエはもうゴクモンになったのかと訊かれたのです。ワタシ、奉行に近いと思われてるのでしょうね」

だがかれは、初め、何のことか分からず首を傾げていた。

すると松前の人夫どもは、日本語を解さぬ異人と思ったらしく、仲間同士でてんでに噂話を喋り始めた。

耳をすましていると、しきりにこんな会話が耳に入る。

〝トモエは以前、クルツの女だったらしい〟

〝クルツと別れたのか〟

〝クルツに操をたてて、言い寄る番頭を殺した……〟

「ワタシ、クルツという名から外人を想像しましてね。がぜん興味が沸いて、クルツってどこの国の人ですか、と訊いてみた。ところが向こうは驚いたのか、笑って答えない、そのまま船で帰ってしまったんです……。ねえ、ハセクラさん、こういうのを屋根に上がって梯子《はしご》をとられるというのでしょう。一体クルツとは何者ですか？」

そのような頓珍漢《とんちんかん》なやりとりを聞いて、幸四郎は初めて、巴という女囚の過去に興味を抱いたのである。

ブラキストンと別れて奉行所に戻ると、すぐ牢から巴を呼び出し、その真偽を確かめた。

すると黙り込んで聞いていた巴は、首を振って答えた。

「でまかせだ。確かにおれは久留津を知っている。だけどコタンが違うから、あまり親しい話もしないうち、おれは箱館に出て来た」

「ではなぜ、そんな噂が立つのだ？」

「知るもんか。同じ和人だから、結びつけて面白がっているだけだ」

「コタンが違うのに、なぜ久留津を知っている？」

「アイヌの兄《あん》ちゃんに従《つ》いて、よく松前の商人の家に毛皮を売りに行った。そこで何度か見かけた」

「どんな男だったか？」

その質問には、巴は答えなかった。

「ふーむ、ブラキストンめ……」

小出奉行は苦笑した。

「そうです、ヒヨドリやメハヤブサが飯より好きなブラキストンから、クルツの話を訊かれるとは思いませんでした」

幸四郎も笑って答えた。

この冒険好きの鳥類学者は、外国人に決められた自由遊歩区域を無視し、こっそり遠出して歩き回る悪癖がある。奉行所はこれまで、何回も警告を発しているのだった。

今回も、もしかしたらあの半島まで出向き、土地の者から聞いた話を、幸四郎の手前、人夫の話にすり変えたのではないか。

幸四郎はそう勘ぐっていたが、奉行も同じことを考えたらしい。

「松前の手前の岬《みさき》は、白神《しらがみ》岬といったな」

奉行は言った。

「アイヌ語でシラルカムイ、岩の神の棲む所という意味らしい。その辺りは、岩がゴロゴロと露出した岩礁地帯であり、渡り鳥の格好の休憩地になる、と聞いたことがある。津軽海峡を渡って内地に向かう渡り鳥は、いったんここで羽を休めるのだそうで、その種類は六百種にもなるという……」

「お詳しいですね」

「以前、とっくり聞かされたのだ。あの鳥類学者からな。今度もあの辺りに行ったのだろう」

奉行は笑いをこらえた顔で言い、その顔を見て幸四郎も笑ってしまった。

船の上から見たことのある白神岬を、瞼に思い描いた。確かに岩のごつごつした岩礁地帯で、潮が渦巻き、船がよく遭難するという難所だった。

それを悼《いた》むように、白い無数のカモメが舞っていたっけ。

あの白神岬には海岸の道がないから、行ったとすれば船だろう。内緒で近くに上陸し、内陸にまで入って観察して回って、現地の者と話したのに違いない。

「いずれ厳重に注意しなければならぬが、まあ、それはさておき……」

奉行は表情を改めて言った
「本人がほうき星の女ではないと否定しても、本当かどうか。もし嘘であったら、そなたらの命運は風前《ふうぜん》の灯火《ともしび》だ」

「はい、それがしもそう考え、巴が奉公していた『松屋』に下役を送り、あれこれ調べさせたのです」

幸四郎が神妙に答えた。

調べによると巴が箱館に出て来たのは十五の時で……ちょうど久留津がコタンに匿われた頃に重なる。二人が特別の関係にあって情を交すにしては、いかにも時間が短く巴の年も若すぎる。

「ほうき星には妻子もいましたし、巴も目立つ女でもなく、やはり関係はなかったとみていいと」

「巴は何故、コタンを出たのか？」

「本人に言わせれば、里親に追い出されたのだと。つまり……」

巴は和人だから、和人の町で暮らし、結婚した方がいいと勧められたらしい。

「だが女の言には信がおけぬことが多い。この件は却下だ」

あくまで奉行は、首を縦に振ろうとはしない。

「しかし、お奉行……」

幸四郎は遠慮がちながら、なお食い下がった。

「自分がこう申すのも僭越《せんえつ》かと存じますが……あの巴は一風変わっていますが、隊を乱すような女とはとても思えません」

「…………」

「つまり、目の醒めるような別嬪《べっぴん》でもなければ、とりたてて色気があるとも申せず……口の利き方もえらく粗暴です。女というより、あれはオトコオンナですよ。あの巴を巡って、我らに内輪揉めが起ることなど、あり得ないのではありませんか」

「………」

小出奉行はその饒舌に呆れたように、眉をひそめて言った。

「しかし、人の好みは千差万別だ。その証拠に、番頭が巴に言い寄ったではないか」

「いや、その番頭がおかしいのです」

思わず幸四郎が呟くと、奉行は黙っていた。

巴の容貌は、お世辞にも別嬪とはいえない。まっすぐな髪は一つにまとめ、面長な顔は真っ黒で、目も唇も細く切れ込んでいた。声はしゃがれ、喋り方はぶっきら棒で、少年としても愛想がない。

背丈は普通だが、女にしてはガリガリに痩せ、全身およそ膨らみというものがなかった。

相手の沈黙に乗じて、さらにつけ加えた。

「そうそう、思い出しました。巴は身が軽くて力があるので、『松屋』では荷の運搬などをしていたそうですよ。怒ると天秤棒を振り回したりするため、トモエゴゼ（巴御前）とあだ名されていたとか」

「………」

「自分としては、女が一人加わることの弊害より、むしろ効果の方を考えたいのです。巴はアイヌと同じに話すから、使者にもなろうし、向こうとしても迎え易いでしょう」

奉行は腕を組んで少し考えていたが、

「武器は使えるか」

「アイヌ弓を狩猟用に使っていたそうです」

「ふむ」

とうとう頷いた。

「まあ、いいだろう。通詞としての任務に服すため、巴を牢から連れ出すことを許可する。ただし、男として扱い、特別待遇はせぬことだ。任務が無事に成功した暁には、鉱山行きは取り消しになり、無罪放免になるものとする」

「有り難うございます」

「……ということで、お前の気持ちを聞きたい」

奉行の言葉を巴に伝えて、幸四郎は言った。

三

「すなわち通詞として、久留津の居場所までわれわれと共に行くか。それともそれを断って、鉱山行きとなるか。お前は、どちらか好きな方を選ぶことが出来る」

「…………」

「ただし、仮に通詞となっても、女としての甘えは許されない。お前はオトコとして扱われることになる」

「…………」

「どうした、それではやれぬか？」

幸四郎は柔らかく訊ねた。

すると巴は首を振り、細い目でじっと見返してきた。そのように見つめると、白目がなくなって黒目ばかりになり、能面のような顔の奥に何やら熱いものがあるようにも思えるのだった。

「よし、やるのだな」

「あんたら、久留津に会ってどうするつもりだ？」

しゃがれ声で問うた。

「お前は松前の者だ。ならばあの者……仮に〝ほうき星〟と呼ぶが、そのほうき星が何者か、知らぬわけはなかろう」

幸四郎は厳しく言った。

「行くのであれば、我々の用向きが何であれ、お前は従わねばならぬ。それが不服なら、いま断れ。途中で逃亡や裏切りなどがあれば、その場で斬ることになる」

「一緒に行く。おれは鉱山なんかに行かん」

迷いのない口調で言うその目には、どこか必死なものがあった。

「よかろう、決まりだ。作戦が始まるまで、〝ほうき星〟のことは誰にも話すな」

巴は頷いた。

（これで全員揃った）

そのことにほっと安堵の吐息を漏らしたものの、どこかで一つ、荷が増えたようにも感じていた。

自分の直感を信じ、小出奉行の反対を押し切って〝トモエゴゼ〟を選んだのだ。

だが、さて、結果は吉と出るか凶と出るか。果たしてそれが正しい選択だったかどうかは、実際に行ってみなければ分からない。命運はこの女にかかっているかもしれぬ。そう思うと、ふと鳩尾《みぞおち》のあたりが収縮するのを覚えた。

第五話　化《あや》かしの山

一

慶応二年四月二日の宵の口。

一隻の大型漁船が、闇に紛れて箱館港を出ていった。

その船上から、今生《こんじょう》の別れのように遠ざかる夜の町を眺めているのは、支倉隊の五人である。

橙《だいだい》色《いろ》の灯火が密集しているのが大町界隈、灯りがまばらになった辺りにひときわ華やいでいるのが、不夜城山ノ上遊郭だろう。

幸四郎は、張見世《はりみせ》の仄暗い格子の奥に並ぶ白い顔を思い出していた。格子の間から、白い手がふと差し出した吸い付け煙草……。どこかでお会いしたね、お武家様、寄って行きなんし、と誘う声……。そんな艶かしい数々が、脳裏に浮かんでは消えた。

ほとんど凪《なぎ》と言っていいほどの弱い東風に乗って、船は湾を横切り、対岸から南に延びる黒々した松前半島の湾岸に沿って、ゆっくり南下していく。

いずれ長い船旅ではない。

風の加減にもよるが、せいぜい一刻半（三時間）かそこらだろう。

最南端の白神岬まで下るちょうど中間辺りに、岩が突き出した岬がある。矢越岬《やごえ》という。そこからさらに南に下った入り江に、〝舟隠し岩〟と呼ばれる岩窟があった。

知内と福島にまたがるその海岸は、岩部岳の山塊が海岸までなだれ落ちて、通路を塞いでいる。海岸には道らしい道も人家もなく、半島きっての秘境だった。

松前街道は、箱館から松前に向かう海沿いの道だが、知内村で通行不能になり、いったん内陸を迂回して福島村に出るのである。

この人跡未踏《じんせきみとう》の海岸の僅かな入り江に船を乗り入れると、沖合からは、岩に隠れて見えなくなってしまう。

それに目をつけて利用したのが、正式に採掘の許可を得ないモグリの砂金掘りだった。かれらはこの岩窟に舟を隠したまま上陸したため、〝舟隠しの岩〟と呼ばれたのである。

支倉隊を乗せた船は、その岩窟を目指していた。

ただし船はいったん沖合を通過して福島港まで行き、そこで地元の船頭を案内役として乗せる。舟隠し岩付近は岩場が多く、馴れた船頭でなければ座礁《ざしょう》の恐れがあるからだった。

箱館も遠ざかり、海と空が溶け合った中に黒々と続く半島の山並みを眺めながら、幸四郎は沸き上がる不安をなだめていた。

この四人を選んだことが、果たして正しかったかどうか……。

一同の初顔合わせはぎりぎり、この日の昼、奉行所の湯川別邸で行われた。これは作戦会議でもあったから、その席には相談役として蒲原千愚斎も招いていた。

幸四郎はここで初めて〝支倉隊〟の四人を皆に紹介し、その特殊技能を披露したのだが、波乱はすでにこの時から始まった。

「支倉隊はこの陣容をもって、大千軒岳の〝ほうき星〟の討伐に向かう。このほうき星は、三年前まで松前藩士だったが、突然同僚二名と商人一名を斬殺し、山中に逃げ込んだ大悪党である。アイヌを手なずけ味方にしているため、松前藩は何度も討伐隊を差し向けたが敗退し、今は手を出せずにいる。箱館奉行所は、カラフトアイヌと通じてロシアを利する動きがあってはならじと、この精鋭四人をもって奇襲攻撃を仕掛け、成敗するものとする」

幸四郎が言うと、馬術家と紹介された儀三郎が質問した。

「そのほうき星の本名を、教えてもらえませんか」

「よかろう。われらは今日これから、このまま船で立つのだから洩れる恐れはない。ほうき星の本名は久留津辰之助だ」

「了解しました」

皆は黙って聞いていた。だが独眼の半蔵が何を思ったか、急に言い出したのだ。

「支倉の旦那よ。わしら一体どこさ行くだかね、ほうき星は大千軒岳さ隠れてるんでねえのか」

「……何が言いたい？」

幸四郎はその先を予想して、血走った独眼を睨んだ。

「いやァ、旦那は先刻ご承知だろうが、あの山は深くて険しい。歩いて、這って、最後は攀《よ》じ登るしか行きようがねえ。馬では途中までしか入れねえし、途中までなら誰だって馬は引ける。馬術家だか、馬丁だかが出る幕は、どこにあるだかね」

一瞬、座が緊張した。幸四郎には、なぜ半蔵がそのようなことを言い出したのか、見当もつかなかった。

すぐに応酬したのは当の馬術家だ。

「あんた、クマ撃ちの猟師だそうだが、ほんとに猟師ですかね？　モグラばかり撃ってるモグラ撃ちじゃないのか」

「何だと？」

半蔵が目をむいた。

「足元しか見えてないってことですよ」

「二人ともやめないか」

幸四郎が制した。

おそらく儀三郎の持つ洗練された何か……が半蔵の勘に障るらしい。例えば蝦夷出身ということを少しも感じさせない喋り方、洗練された口の利き方、異人の穿《は》くような股引きめいた細い洋袴《ズボン》。その上、かれの使う最新式のミニエー銃は、クマを多く殺傷できる最新兵器である。

「会ってまだ四半刻《しはんとき》もたっていないのに、これでは先が思いやられる。ただ、確かに今の質問は、もっともだ。わたしがまだ詳細を明かしておらぬゆえの、説明不足が原因と思う。これから少し聞いてくれ」

幸四郎は、壁に張り出した地図を振り返った。

「大千軒岳は一見なだらかだが、谷が深く、原始林が生い茂って、麓に辿りつくだけでも容易なことではない。それにこれは当たり前の山登りではない。なぜ馬が必要なのか、なぜ儀三郎でなければならないか、これから説明致す」

棒で地図の中央を指した。

「正直なところ、このどこにほうき星が潜むか、まだ正確な居場所は分かっていない。まだというより最後まで分からぬ、つまり分かった時が実行の時なのだ」

「しかし、およその見当はついているのですね？」

彦次郎が不安げに訊く。

「ふむ、大千軒岳のこの六合目あたりが、本拠地と考えられる。ふだんは隠れ家を点々として慎重に身を隠しているが、密偵の報告によれば、月初めはいつもこの本拠地にいるという。その宿所をつきとめ、夜中に襲って仕留める」

密偵は物売りに身をやつした和人とアイヌだったが、そんな内通者にも、久留津の日常の居場所は分からないという。

「隠れ場所は数か所あるらしい」

百五十年以上も前の寛永の頃、砂金の採掘の中心地となったのは、大千軒岳六合目辺りの知内川上流だった。そこには当時、金山番所や鉱夫小屋がひしめいていたが、その跡がまだ幾らか残っている。

そこばかりでなく、千軒界隈のいたる所に、番所や鉱夫小屋の跡が散らばっていた。そうした朽ちかけた廃墟や、採掘で掘られた洞穴、猟師の避難小屋などを、隠れ家にしているらしい。

「隠れ家とおぼしき所は、おおかた調べ上げてある。それは大千軒岳ばかりでなく、周囲の山や峠にもあり、われわれはそれを潰しつつ本拠地に迫ることになる」

その幾つかは、難所とされる峠を越えなければならない。徒歩での峠越えには労力と時間がかかり、時間が限られている以上、馬でなければ到底不可能だった。

「例えば、吉岡道に吉岡峠という難所がある」

幸四郎は、地図を指して説明した。

日本海側から松前半島を横断し、海峡側に出る道を松前街道と呼ぶ。昔、内地からやって来て松前に上陸し、千軒岳周辺に向かう鉱夫らは、主にこの道を通った。

だが松前街道まで行かずとも、手前にもう一本、平行する道がある。吉岡嶺を越える吉岡道だが、この道は〝頗《すこぶ》る〟つきの険難さで恐れられていた。

東の吉岡村から西の荒谷まで、三里二十五町の道のりだが、その中で吉岡峠越えの一里半は嶮岨をきわめ、積雪の頃には人馬も通さぬ難路だった。

「……自分はこの道を何度か往来したが、それは死ぬ思いでした」

と、ここからは法衣の千愚斎が引き取った。

「道といっても幅はせいぜい一尺。両側には、背丈より高いチシマザサが生い茂って道を塞いでいます。道はすっかり隠れて、先が全く見えん。懸命に藪《やぶ》漕《こ》ぎをして進むのだが、曲がり角で突然ヒグマと出くわすことがしばしばで……。いや、ここで出合い頭《がしら》にヒグマに襲われ、命を落とす事故があとを断たんです。だからこの道を通る時、多くの者は、馬を使うのです」

しかし、内陸側からやって来て峠に出ると、目がくらんだ。

いきなり眼下に、岩だらけの急坂がなだれ落ちている。曲がりくねったそのはるか先には、波涛くだける切り立った断崖が、うねるように続いている。

馬に馴れた者でも、この峠を下りる時は震えるという。実際に人馬もろとも転げ落ちる様を、かれは目撃していた。

「……下を見ないよう、ジグザグに下っていくのだが、それは恐ろしい体験ですて。この急坂をやすやす下れる者といえば、まあ、一の谷を馬で駆け下りた義経《よしつね》か、はたまた寛永三馬術の曲垣平九郎《まがきへいくろう》か……。今の世ならば、こちらの小野儀三郎どのくらいではありますまいか」

皆はようやく頷いて、吐息《といき》を漏らした。立派な顔をした千愚斎の巧みな演説は、誰をも納得させた。

ちなみに曲垣平九郎とは――。

ある時、芝の愛宕《あたご》神社の下を通りかかった将軍家光《いえみつ》が、急勾配の石段の上に咲く桃の花を見上げ、気紛れにも所望《しよもう》した。

「誰か、馬でこの石段を登り、あの花を取って参れ」

何人かが名乗り出て石段を登ったが、途中で馬がすくみ、真っ逆さまに転がり落ちた。誰もが怖じけづいて尻込みする中で、ただ一人、この恐ろしい石段を上り下りした武士がいた。

それが讃岐高松藩《さぬきたかまつはん》の藩士、曲垣平九郎だった。

石段は〝出世の石段〟として有名になり、講談にもなっている。平九郎は寛永三馬術に数えられる。

「ふーむ、吉岡峠は噂に聞いておったが、通ったこたァないだ」

と半蔵は独眼を見開いて頷いた。

「その峠をわしら、越えるだか？」

「予定に入ってはいたが、最近の情報によって通らずともよくなった」

幸四郎が答えた。

「だがあの一帯には、そのような峠が幾つもある。そんな峠では、儀三郎に測候として下ってもらい、その結果を見て、臨機応変に布陣することになろう」

シンと座が静まった。

「馬は、険しい山道に馴れた地元の馬を使う。足の太い、蹄の固い馬を、すでに手配してある。儀三郎は、途中休息する山寺で、それを借り受けよ」

二

「……馬鹿げた質問かもしれませんが」

と儀三郎が訊いた。

「山中へ乗り込んではみたが、ほうき星はすでに流れて〝もぬけの殻《から》〟というようなことは……」

「ない」

あっさり幸四郎は答えた。

「知内、江差などの要所には、密偵を多く配している。ほうき星が山中を出たら、情報が入るだろう。つい先日、山中で出会ったという者の報告もあるから、十中八九、山に留まっている。あとはわれわれの潜入を、悟られないようにすることだ」

儀三郎が頷くのを見て、幸四郎はまた地図を示した。

「では、これからの進路を説明しておこう。大千軒岳に行くには、幾つかの道があるが……」

かつてイエズス会のポルトガル人宣教師カルワーリョが、キリシタン鉱夫の慰問のため大千軒岳に入った。その時は、松前から馬で及部川《およべがわ》を遡って北上した。そこからは徒歩で山々の尾根伝いに進んだ。この道は笹の生い茂る谷より歩き易いが、距離があって時間がかかる。

もう一つは、福島町の知内川河口から川沿いに入る道だが、これはさらに距離が長く時間がかかり、人目にもつきやすい。

松前街道を進む方法もあるが、松前藩の久留津征伐隊はこの道を行き、全員、アイヌの毒矢に倒れていた。

「われわれは、このいずれの道も使わない」

幸四郎は言った。

「船で矢越岬近くの舟隠し岩まで行き、岩部海岸から入る。敵の目を欺くため、砂金の盗掘を企む怪しげな一団としてだ」

皆は当然のように頷いた。

「しかし知内川を遡らず、山々を尾根伝いに大回りして知内川の源流に出て、上から下ることにする。道案内は、この彦次郎がやってくれよう」

「はい、自分はあの舟隠し岩から、一人で山に入ったことがあるので、大方の道は何とか……」

むっつりと押し黙っていた彦次郎は、ぺこりと頭を下げて、太い指で地図を指した。

「知っての通り、矢越岬は知内から福島に下る海岸の中間にあり、山塊が海に迫る険しい所です。この二つの町をつなぐ岩部海岸に道はなく、むろん人家もありません。われらはここから上陸し、背後の岩部岳の東岳を回ります」

「最後に、ここで起こる危険について伝えておけ」

幸四郎が言った。

「はい、まずは落石、土砂崩れです。海岸に道がないのは、そもそも山が崩れているからで、晴れていても頭上を注意して歩いてください。それとケモノ道を行く時は、くれぐれもアマッポに気をつけること」

「アマッポ?」

儀三郎が声を上げた。

「アイヌが仕掛けた〝仕掛け弓〟ですよ。自動発射式でして、動物が木と木の間に張られた糸に触れると、トリカブトを塗った矢が飛んで来て、クマでも一刻以内に死んでしまいます」

「おいおい、それじゃ、命が幾つあっても足りないぞ」

「いえ、それにやられるのは先頭の、この蒲原彦次郎です。自分は、杖で先払いをしながら進むし、目印も見分けられるからまず大丈夫、すべて発見できると思いますが、皆様方は、珍しい動植物を見つけても、小用でも、そこらのケモノ道には決して足を踏み入れぬこと」

「…………」

「あと、クマとオオカミが多いので、夜歩きと野営は危ないっす。焚き火したって、オオカミは火を怖がりませんから。支倉様、銃は使ってもいいですか?」

銃撃音が、こちらの存在を伝えてしまうのを案じての質問だ。

「構わない。猟師の鉄砲の音は、どの山にもある。ただしミニエー銃は、よほどでない限り使わないことだ。もともとアイヌとの交戦が目的でないから、ギリギリ危険が迫るまで銃は我慢しろ」

「敵が攻撃してきたら？」

　儀三郎が問う。

「いきなり攻撃はしないだろう。われわれは兵ではなく、あくまで金掘りの民間人だ。まずはアイヌを使って、何らかの働きかけがあるはずだ。その時は巴、そなたが適宜《てきぎ》に通訳するのだぞ」

　巴は黙って頷いた。

「〝任務〟を遂行したとして、退路は確保出来るのですか」

　と儀三郎。

「さまざまな状況が考えられるから、臨機応変《りんきおうへん》で、ぶっつけでいくしかない。ただ罪を犯した和人を、和人の掟《おきて》で裁くのだ。アイヌが、しつこく追撃することはないと考える」

　他に質問はなく、皆を見回して幸四郎は言った。

「まあ、これから当分行動を共にするわけだから、分からないことは訊いてくれ……。

おいおい説明を加えていく。岩部の山中に一つ、隠れ家と思《おぼ》しき小屋があるので、先にここを潰してから、まず西に向かう。百軒岳で北に進路を変え、分水嶺《ぶんすいれい》を辿って、知内川上流に出る」

言い終えた時、脈絡もなしにいきなり巴が言った。

「なぜ、ほうき星は人を殺《あや》めたのだ?」

「………」

「コタンでは、神様みたいに言われていたぞ」

内心面くらったが、幸四郎は咳払いをして言った。

「コタンではどうあれ、松前では三人を殺めた凶悪な下手人だ。相応の制裁を受けるのは当然である」

「つまり松前藩の〝尻拭い〟ですね」

儀三郎が言った。

「その通りだが、それだけではない。ほうき星はアイヌを手なずけ、組織しているということだ。もしコタンの若者を煽動して騒ぎでも起こせば、ロシアを利することになる。われわれは出来得る限り、危険の芽を摘み取りたい」

小出奉行の顔を思い浮かべ、成り代わって幸四郎は言った。

奉行は今頃、ロシア領事館にビューツォフ領事を訪ね、カラフト久春内《くしゅんない》で起こった奉行所役人捕縛事件について、何度めかの掛け合いを行っているはずだ。

「幕府の国境問題への遅れが、のちのちの日本に大きな禍根《かこん》を残すだろう、と奉行は案じておられる。そのことに私も、おそらく諸君も賛同すると思う。ゆえにわれらは大千軒岳に向かうわけだ」


〝女は魔性〟という言葉に惑《まど》いを感じていた。

そう思う幸四郎の胸中に、郁の顔があった。

夜の灯りがおびただしく集合し、あるいはまばらになって瞬く沿岸を眺めながら、密かに思うのだ。

(郁どのも、魔性だろうか……)

郁は昨日、父千愚斎を気遣って、奉行所に一緒に姿を見せた。父親は、風狂の旅を終えて帰ってから、健康が優れないという。

許嫁のいる美濃に帰るのは、父親の回復を待ってのことらしい。

もう会えないだろう、と思いつつ闇の奥を見ていた。

舳先に灯りをつけた何隻もの漁船とすれ違ううち、海岸線は闇だけとなり、灯りが全く見えなくなる。

この一帯はすでに秘境であるのが、船が近寄るにつれよく分かった。かなりの辺鄙《へんぴ》な漁村であっても、近寄れば、大抵はどこかしらにポチッと船か人家の灯りが見えるものだが、そこは灯り一つない、暗黒の岸辺だった。星明かりの中に、黒々とした山塊が、寝そべる怪物のように連なって見えた。

三

岩窟の外には、なだれ落ちるように山肌が迫っていた。

海岸には大きな岩がごろごろと転がって、はるか岬まで続いている。振り返ってみても、岸辺には一軒の人家もない。

まるでこの世の果てとも思える荒涼たる景色を横切って、海に注ぎ込んでいる一筋の川があった。一行はこの川に沿って、山塊を登ることになる。

まずは朝靄《あさもや》の立ちこめる冷え冷えした中、松林の中に入った。

皆はツギハギだらけの小袖に、たっつけ袴か股引き。それに皮の袖なし胴着、皮の足袋《たび》……といった貧しい砂金掘りの姿である。

背にはタガネ、カナテコ、笊、籠、筵、手斧……などの金掘り道具をてんでに背負っている。炊飯具、食料、夜具の毛皮などは、途中の山寺まで馬が運んでくる。半蔵だけはいつもの猟師姿で、小型のアイヌ弓と矢筒を背負い、火縄銃はいつでも使えるようむきだしで持っていた。

彦次郎は、遠眼鏡と銃の他に、アマッポを探るための杖を手にし、銃を抱えている。儀三郎の戦闘用ミニエー銃だけは、茣蓙《ござ》に包んで巧みに隠し、他の荷物と共に背負っていた。

幸四郎は月代《さかやき》を隠すため、髪を一つに結んで手拭を頭に巻き、笠を被った。腰には刀、懐には六連発の銃をしのばせている。アメリカ人通詞から贈呈されたスミス＆ウエッソン、すなわち〝S＆Wモデル2アーミー32口径〟で、アメリカ南北戦争の兵士が護身用に使ったという。

巴も男と変わらぬ姿で、髪は一つに束ね笠を被っていた。背にはアイヌに教えてもらったというアイヌ弓を背負っていたから、遠目には女には見えなかった。

森の中には小鳥が囀り、木々の匂いのする新鮮な空気に満ちていた。船で気分が悪くなったか、巴はしきりに空気を吸い込んでは、吐き出している。

「巴、船気に当たったか」

幸四郎が案じて声をかけると、

「船酔なんかしとらん。山の空気を吸ってるんだ、おれは山育ちだからな」

とぶっきら棒に言い返した。

こんな五人が一列になって森を抜けて行く。

先頭は斥候《せっこう》の彦次郎で、かなり先を進む。続いて儀三郎、巴、半蔵と続き、しんがりを幸四郎がつとめた。

やがて山肌がむき出した峠に出る。片側には今にも頭上から土砂や石ころが降って来そうな崖がそそり立ち、片側は、一歩間違えると波濤砕ける海に転がり落ちそうな断崖絶壁だ。

(この山は岩で成り立っているから、岩部岳なんだ)

そんな当たり前のことを、幸四郎は実感した。松前半島の一端が岩だらけであることに驚き、この半島は岩と金で出来ているのか、と思ったりした。

箱館に住んでいると蝦夷にいることを忘れているが、やはりここは荒ぶる蝦夷が島だった。

振り返ると、青い津軽海峡が眩しく広がり、遠くに津軽の龍飛岬《たっぴみさき》と思《おぼ》しき山並みが影絵のように見えていた。

すでに陽は昇っていて、木陰もない日盛りの道を、石に足を取られながら進む。やがて峠は切れ、岩部岳の東部を横切っていくことになる。まばらな灌木の木立の中は、石の転がる傾斜地だった。

陽が射したり木々に遮られたりする中、ひたすら黙々と歩いた。

見通しの悪い所にさしかかると、半蔵は火縄を装備した銃を、いつでも撃てるよう構えていた。猟師の習性だろう。

最初に休息する山寺は、もうどこからも海が見えなくなった山中にあり、〝岩龍《がんりゅう》寺《じ》〟と文字の剝げかかった表札が出ていた。

福嶋屋嘉七が手配してくれた寺である。

「……難路はるばる、ようお越しくだされた」

老住職が出てきて、下へも置かぬ調子で言った。

「さあさあ皆の衆、荒れ寺ですが、中で休みなされ」

幸四郎は導かれるまま庫裡《くり》に上がり、庭に向かって戸を開け放った板張りの間に座った。風が清々《すがすが》しく通り、磨かれた床板に緑が映っていた。

だが他の四人は庭先から回り、縁側に腰を下ろすのを見て、自分は金掘人夫であるのを忘れていたと、内心忸怩《じくじ》たる思いがした。

ここで昼飯をつかうこととし、船から持参して来た握り飯の包みを各人に渡し、小坊主が漬け物とお茶を運んできて、昼餉《ひるげ》となった。

皆が黙々として食べ終わる頃、住職が庭に一頭の馬を引いてきて、庭の木につないだ。

焦げ茶色のがっしりした中型馬で、タテガミと足が黒毛である。

「や、馬だ！」

儀三郎は叫んで、飲みかけの茶碗を置いた。すぐに立ち上がり、大股に馬のそばへ歩みよる。

「これは田名部《たなぶ》駒ですて。ここらではごく一般的な馬だが、乗ったことはあるかね」

住職は馴れた様子で、鼻面をなでながら言った。

「ほう、田名部駒ですか、懐かしいな。自分はいろんな馬に乗ったけど、この馬は丈夫で乗り易いし、性格も辛抱強くて、大好きな馬ですよ。名前は何と？」

儀三郎は鼻面を叩き、しきりに背中をなでて言う。

「うちの寺にちなんで、岩龍と呼んどるが……」

「岩龍号か、いい名前だな」

儀三郎は皆の方に歩み寄って、簡単に田名部駒の説明をした。

田名部駒とは、南部駒を祖とする改良種で、純粋な日本産ではない。中世の頃、南部の豪族蠣崎《かきざき》氏が輸入したモンゴル種の馬と、在来の南部馬とを交配して出来たのがこの馬であると。

祖の南部駒は大型で、頑健で、脚力強く、蹄が固いため、険しい山道や傾斜地にはめっぽう強い。ゆえに戦《いくさ》に重用され、戦国武将に愛されたという。

「そういえば一の谷の鵯越《ひよどりごえ》を駈け下った義経や、同じ鵯越の逆落としで敵陣に一番乗りした熊谷直実《くまがいなおざね》も、南部駒じゃなかったか？」

幸四郎がうろ覚えの知識で言うと、儀三郎は頷いた。

「その名馬と、平原を疾駆するモンゴル馬が交配されたのです。その結果、厳寒と粗食に強く、骨太の、強健な田名部駒が誕生したってわけですよ」

「やあ、お詳しい、気に入ってくれて良かった」

住職はにこにこして言った。

「これは実は、福嶋屋様から頂戴した馬で、よく乗り回しておるでな。ここらの山中には馴れておる。御用を終えて、馬を手放したくなったら、この尻をポンポンと叩いてやってくだされ。ちゃんとこの寺に戻って来る」

「クマにやられないのか」と幸四郎。

「走っている馬は襲いませんよ」

なるほどと、皆は感心した。

福嶋屋嘉七は、こんな山中の住人までこうして手なづけ、緊急の時の為に備えているのだ。

「時にご住職どの、ちと地理を指南してくれぬか」

幸四郎は、つい武士言葉で言った。先に昼食を終えた彦次郎は、すでに地図を広げて覗き込んでいる。

「この近くに蟹ガ沢《かにがさわ》という沢があるはずだが……」

「ああ、蟹ガ沢なら、ここからそう遠くはないです。ただ……砂金が採れるという話は聞かんが、いいですかの？」

住職は、この一行を砂金掘りと信じているらしい。

幸四郎は苦笑して頷き、住職の説明を聞いた。

彦次郎、幸四郎、半蔵が地図を覗き込んで、場所を確かめている間、儀三郎は岩龍号にまたがり、境内を乗り回していた。

いざ出発となって、幸四郎はギョッとした。

「巴はどこだ？」

「えっ、今しがたまで、その辺りに……」

彦次郎は慌てて立ち上がり、きょろきょろと辺りを見回した。すぐ住職に頼んで、寺の中を探してもらう。

「儀三郎、巴を見なかったか」

「えっ、巴ですか。ちょっと見てきます」

門の近くにいた儀三郎はそのまま馬の腹を蹴り、境内を一周し、門の外も見回って戻ってきた。

「いませんねえ。寺の中で、休んでるんじゃないですか？」

儀三郎は馬を下りて、息を弾ませた。

「居ねえから騒いでるだ。お前さん、ずっとそこにおって、外に出て行くのが見えなかっただか」

半蔵が声を荒げ、喰ってかかる。

「あいにく見張ってたわけじゃないんで」

「馬鹿野郎、山に入ったら、ボウッとしてちゃなんねえだ」

「あんたに馬鹿呼ばわりされるいわれはない」

「止めろ、それどころではない！」

幸四郎は怒鳴った。青くなっていた。

巴が裏切ったか？

そうであれば明らかに自分の監督不行き届きだが、こんな不案内な山中で、一体どうやって探せばいいのか。

囚人探しに、時間をかけてはいられないという焦りもあった。

これから蟹ガ沢の小屋まで行き、任務を遂行して、日暮れまでに宿営地に着かなければならぬ。暗くなる前に小屋に入るのだ。

といって放っておくわけにはいかない。

山中には仕掛け弓が至る所に張り巡らされ、クマもオオカミも出没するのだ。自分の不手際で囚人が逃げ、非業の死を遂げたとあっては、取り返しのつかぬ不名誉でもある。

「自分が、馬でざっとそこらを探しますから、ここはこの儀三郎に任せて、出発してください。じきに追いつきます……」

儀三郎が機転を利かせて言った。

「いや、皆は打ち合わせ通り、蟹ガ沢に行ってくれ。私が巴を探して、追いかける」

「いんや、お頭《かしら》、わしが行くだ」

儀三郎を押しのけるように半蔵が出ばって、すでに弾を込め始めている。この時、思わず〝お頭〟と呼んだのに倣《なら》って、この後は皆もそう呼ぶようになった。

「わしならアマッポも見分けられるし、どの道を行きそうだか見当もつく」

「その眼で、大丈夫ですかね」

儀三郎が毒づいた。

「なに、眼が二つあったところで、そばを通った巴を見逃がしてりゃ、ざまァねえさ」

「よし、ここは半蔵に任す。巴が抵抗したり逃げたりしたら、撃て」

幸四郎は命じた。

半蔵は片目を瞠《みは》って強く見返すと、さっさと鉄砲を担いで、境内から出て行ってしまった。

その後を見送っていると、儀三郎が呟いた。

「あの独眼のやつ、まさかこっそり女を逃がすようなことは……」

「それはないだろう。悪党かもしれないが、馬鹿ではない」

幸四郎は言った。

「それよりお前ら、どうしてそう仲が悪いんだ、軍鶏《シャモ》じゃあるまいし。顔合わせりゃいがみ合って……何かあったのか？」

「何もありゃしません」

儀三郎は苦々しげに言った。

「生まれつき虫の好かん相手……ってことですかね」

「なるほど、互いにそう思ってるなら世話はない」

幸四郎は、初めてこの儀三郎に会った時の、若いくせに威張った感じの悪印象を思い浮かべ、苦笑した。

「お前らの仲はどうでもいいが、任務中は控えろ」

「向こうに言ってくださいよ。こちらは売られたケンカを買ってるだけでね」

四

蟹ガ沢は、向かいに見える低い山の西側だった。

もちろん地図にはなく、密偵の報告で判明した地名だ。

崖は灌木の茂る急勾配で、上の台地から見ると、細い急な道が曲がりくねってついているのが見える。その中腹に猟師小屋があるはずだったが、灌木に隠れていて見えない。

ここから千軒岳には距離があるが、松前街道がこの先を通っており、かつて移動中に行き暮れた金掘り人夫が、立寄って休んだ所という。砂金掘りが禁じられてから忘れられ、屋根は草むして崩れかけ、どこからも見えぬまま灌木に埋もれて朽ちていた。

だがそれを見つけた者が、近くに水があり、炊飯もできることに目をつけ、再び手を加えたものらしい。

儀三郎は、その細い坂道を馬で駆け下りて行った。

途中で馬を降り、静かに小屋に近づいて、人の有無を確かめる。もし人の気配がなければ中に入り、武器類が隠されていないか調べるのだ。

万一、中に人が居たらピイピイと小鳥の鳴き声を真似る。

人はいないが武器があった場合は、ヒュッと指笛を吹く。

その合図ですぐ飛んで行けるよう、幸四郎らは枝道の入り口で、銃を抱えて待機していた。

だが合図はなく、ほぼ四半刻で儀三郎は、馬で駆け上がってきた。小屋には人も武器もなく、最近使われた形跡はなかったという。

ホッと警戒を解いたところへ、半蔵が追いついてきた。巴が背後に従っている。

巴の姿を見た時の、幸四郎の安堵は喩《たと》えようもなかった。

制裁のため鉄拳を食らわしてやりたい衝動を覚えたが、その頬はすでに赤く腫れて、泣いたような顔をしている。

「よくやった、半蔵、どこで見つけた」

幸四郎は声を弾ませた。

「寺の裏の森に、ぼんやり突っ立ってたんでさ。わしゃァ、問答無用で一発殴っただよ。カツを入れるにゃァそれが一番だで。後はお頭から訊いてくれ」

半蔵はいとも乱暴に、巴を突き出した。

「どうして逃げた?」

幸四郎は、厳しい口調で問う。

「逃げたんじゃない、ぶら〳〵歩いてたところに独眼が現れた」

巴は眩しげに睨み返し、ぶっきら棒に言った。

「馬鹿野郎、わしが行かんかったら逃げてたべな。でなけりゃ、何故そんな所を歩いてただ」

「分からん……すぐ戻るつもりだった」

「誰かに、われらのことを伝えに行ったんじゃないのか」

　と幸四郎が口を歪めた。

「違う……」

　巴は目を細めて、黙り込んだ。

「言いたくなければいい。これ以上、お前に関わっていられない。ただし、〝次〟はないものと思え。出発だ」

　一行はまた彦次郎を先頭に一列になり、クマ鈴を鳴らしながら山を下った。

　幸四郎はしんがりをつとめつつ、〝巴は危ない〟という不安が、どうしても胸底から消えなかった。


　岩と石ころの山を下ると、ようやく木々の向こうに、人家や田畠がポツリポツリと見えてくる。

　その人里を抜けて行くやや広い踏み分け道が、松前街道だった。

　街道を横切り、茫茫たる草野を一列になって西に進むと、再び大地は隆起して山を成す。まるで山同士が目配せし合い、示し合わせてでもいるように、山襞《やまひだ》は深く、奥へ奥へと重なり合って連なっていく。

彦次郎は時々立ち止まり、山の形や風景を確認しながら、鬱蒼《うっそう》たるブナ森に分け入っていく。しばらく登り下りを繰り返すうち、渓谷に出た。

そこには吊り橋が架かっていて、向こう岸までこの長く細い橋を渡らなければならない。

さて、馬をどうするか、という話になった。

儀三郎は、橋を二、三歩進んで具合を確かめていたが、下の沢まで崖を下って、川を渡る方がいいという。橋はさほど目のくらむ高さではないが、幅が細く、踏み板の繋ぎ目に隙間がある。ここに馬の足先が嵌《は》まったら面倒なことになると。

荷を積んだまま渡りきるため、安全策を取ることになった。

儀三郎は、銃を馬の荷にくくりつけ、手綱を引いて傾斜地を沢まで下って行った。

他の三人が橋を渡りきり、儀三郎が浅瀬に入って行くのを見届けて、幸四郎は踏み出した。

だが橋の半ばまで来た時である。

何か異様な気配に足を止めた。渓谷の瀬音が乱れ、バシャンと水を掻くような音がし、馬がいないた……。

思わず川を見下して、総毛立った。今まで高く響いていた渓谷の川音が、一瞬凍りついたように耳から消えた。

クマだ。

川の中途で立ち竦んでいる儀三郎の凍りついた視線の先に、黒っぽいふさふさの毛に覆われた大きなヒグマが、頭を低くして唸っているではないか。岩の陰からいきなり現れたのか、向こうも驚いているようだ。

恐怖に襲われ幸四郎は目がくらんだ。かれの目には、両者の距離はたかだか二間ぐらいにしか見えない。川幅はさして広くなく、その中途に儀三郎が立ち、馬は怯えて脚を突っ張っていた。

ヒグマは対岸の岩のそばにいて、唸りながら小さな眼で睨みつけてくる。飛びかかれば、儀三郎を倒せる距離だろう。

下に目が釘づけになっていたが、橋が揺れ、半蔵が銃で狙える所まで進んで来たのが分かった。振り向くと、一瞬目が合った。

〝お頭、どうすかるかね〟

とその目は言っている。

〝待て〟

幸四郎は手で合図をした。

この対岸の崖を登った先に、隠れ家とされる小屋があるのだ。今夜は沢の近くの猟師小屋に宿り、明朝一番でその隠れ家を襲う。そんな作戦を控えて、今ここで銃の音をたてていいかどうか。

半蔵もそれを案じて訊いたのだろう。

待ての合図に、揺れる橋の上から台尻を頬に当て、クマに狙いを定めたままじっと動かない。

だがクマが踏み出せば、合図がなくても半蔵は撃つに違いない。一発で仕留めればいいが、仮に外れたとすれば、どうなるのか。

あれこれ考えると、幸四郎は喉がカラカラに乾いた。唾までが喉に張り付いて呑み込めない。

「去れ、あっちへ行け！」

儀三郎は気丈に叫びながら、馬を少しずつ後退させている。声は裏返っていたが、睨みつける目には力が籠っていた。

銃は馬の背にくくられていて用はなさないが、仮に手元にあっても、ミニエー銃は使えない。もし敵が近くにいたら、その銃撃音で聞き分けられる可能性があるからだ。

クマは頭を低くして唸りつつ、じっと獲物を見定めている……。

その時だった。

何やら異様な大音声《だいおんじょう》が川に響き渡り、この張りつめた緊張を引き裂いたのだ。驚いて声の方を見て、さらに度肝を抜かれた。

ザブザブと川に入って、クマに近づいていく男がいるではないか。

アイヌだった。それも小柄な老人であり、どうやらつい今しがた近くですれ違ったばかりで、

「爺さん、この辺りは金が採れるだか」

と半蔵が挨拶代わりに問いかけた相手だ。

「へえ、いいお天気で」

日本語がよく聞き取れないのか、かれはそんなとんちんかんな返事をして道を下って行った。

今、怒鳴っている割れ鐘のような声の限りでは、とてもあの老人とは思えない。

だが真っ白で、帯の辺りまでふさふさ届いている顎髭。身につけた藍色のアッシ(民族服)、頭に巻いた同色の布、帯にはさんだ山刀《マキリ》。その姿はどう見ても、同じ人物である。

溪谷に響き渡る声は呪文めいたアイヌ語で、意味は不明だが、どうやらクマを威嚇し叱っているようだ。

老人は、儀三郎とクマとを結ぶ三角地点まで来ると足を止め、クマに面と向き合った。道で出会った時は小柄に見えたのに、今は堂々として、ヒグマと同じくらい大きく見えている。

かれは丹田《たんでん》に気をこめるしぐさをして、強く短く叫んだ。

カッとか、ヤッという喝のようだった。その一喝にクマがビックリしたとみるや、さらに踏み出して、一語一語人さし指を上下させて難詰するように言葉を続けた。

心を吸い取られたように、呆然と見守る幸四郎には、さしずめこんなふうに聞こえるのだった。

〝お前はここで何をしておるか……、狼藉すると天国へは行けないぞ……すぐにここを立ち去れ、去って巣穴に帰れ、さればお前は天国へ行ける……わしはお前のためにカムイに祈ろう……〟

本当にそうだったかどうかは分からない。

だが驚いたことに、奇跡が起こった。クマは後じさりを始めたのである。二、三歩退くと、そのままこちらに尻を向け、のそのそと岩の向こうに消えて行った。

幸四郎は驚異の念に打たれ、何かの夢のトバロにいるような気がした。このようなことが本当にあり得るのか。

クマが去っても、幸四郎と儀三郎は青ざめて、まだ放心状態のまま声も出なかった。

「わお……!」

そんな歓声で、ようやく夢から醒めた。

吊り橋を途中まで戻ってきていた三人が、喜んで声を上げていた。

五

「ご老人、クマにどんな呪文をかけたのか」

改めて向き合うと、幸四郎はまずそう質問した。あれだけ大きく見えた老人は、もう元の小柄な爺さんに戻っている。

老人は笑って首を振り、

「もともとクマは冷たい水が嫌いでな、あまり入りたがらない。だから大声で叱ってやれば、驚いて退散するのだ」

たどたどしい日本語だったから、巴の通訳も混じえて聞いた。幸四郎がなるほどと思って、頷くと、老人はさらに言った。

「あんたらがクマを撃たなかったことに、感謝する。あの仔グマは驚いただけで、何も悪いことはしておらん」

「あれは、大グマに見えたが」

「いや、まだ一歳半ぐらいの仔グマだ」

にこにこして言い、自慢そうに髭をしごいた。

「この御礼に酒を振る舞いたい」

幸四郎の申し出を、老人は大いに喜んだ。

まずは老人と儀三郎の濡れた衣服を乾かしたいと、彦三郎が言い出し、少し下流に広い河原を見つけて枯れ枝を集めた。

彦次郎が手慣れた様子で火を熾《おこ》す間に、幸四郎は馬が積んでいた荷から酒の徳利を取り出して、渡した。

任務中の飲酒はもちろん御法度《ごはっと》だが、こういうこともあろうかと、岩龍寺に届けさせた食料の中に、数本しのばせておいたのである。

老人はお返しに、今日この川で釣ったという川魚をすべて岩の上に並べた。薪の小枝を山刀で削って器用に串を作り、魚に串をうつ。それを燃え上がった炎に炙ると、香ばしい匂いが漂い始めた。

「いい火加減じゃて、美味い焼き上がりだ」

薪の位置を動かして火加減する彦次郎に、老人は笑いかける。

「しかしあんたら、砂金掘りらしいがこの川で採れるんかね」

「いや、ここは通過するだけだ」

と幸四郎は肩をすぼめる。

砂金掘りに荒らされた川は、魚が採れなくなるため、アイヌにはひどく嫌われる。だがそれも昔のこと。今は採掘がご禁制になって久しく、山に入る盗掘者もかなり減っている、と岩龍寺住職に聞いていた。

「この川は、探しても無駄だろう。だが金の代わりに魚が獲れる」

老人は言って、魚の串を差し出した。幸四郎はそれを、隣の半蔵に回した。

「知内川上流は、今でも採れてるのかね？」

「さあて、わしら、砂金は採らんからな。砂金掘りもあまり見かけんのう」

老人は髭をしごいて、遠くを見た。

「あの川の上流は滝が多くて険しい。昔とは地形が違ってしまったようだし……」

「ご老人は、あの辺りにはよく行くのか」

「ああ、昔はよく行ったものだ。地形は複雑じゃが、見えない滝の音で、わしらは場所が分かるのだ」

「今はどうだ、行くのか？」

「ああ、たまには行く……。あんたら、知っていなさるかな、あのお方……久留津様が来られる日に、魚や肉を届けに行くことがある」

「久留津って誰だ……？」

半蔵が美味そうに魚をむさぼりながら、無造作に口を挟んだ。

「久留津様を知らんかね、この辺りじゃ、カムイみたいお人だ」

「カムイたア、神のことだべな。爺さん、その久留津とやらが、どういうわけでカムイなんだ。名前からすりゃ、わしらと同じ和人でねえか」

「いや、昔は和人じゃったが、今は違う」

「へえ？　和人がアイヌになっただか」

「ははは……わしらとは違う。久留津様は、学のあるお方じゃ。誰かが病気と聞くと、よく効く薬を、遠くまで届けてくれるでな。わしの孫は、久留津様の薬で救われた。昼夜、山を歩き通して来てくだされた、有り難いお方じゃ」

久留津は蘭学を学んだのだろう、と幸四郎は思った。

「そのカムイは、今も川の上流にいるのか？」

「いや、上流の小屋には、月に一回だけ来なさるのだ。久留津様は、月の満ち欠けで動いていなさる。あらゆる災厄からそれで逃れていなさる」

「小屋に来て、何日いるのだ」

「さあ、二、三日はいなさるかね」

「何をしに、その小屋に行くのだ？」

「若者と話すためだろうな。西や東のコタンから、多勢の若者が会いに行く」

「そこに来ない日はどこにいるのか」

「さあて、わしには分からん。江差や知内にもよく出掛けて、わしらの知らんことを、教えて回っておられる。まれには、箱館や石狩にも行くそうだ」

「会いに行けば、誰でも会ってくれるのか？」

「……和人には会わん。以前、悪い和人を懲らしめたことで、松前の殿様に狙われているのだ」

「山中でも、護衛をつけて動いているのか」

「護衛なんかおらんが……」

老人は何か言いかけたが、考えるようにふと口を噤んで、魚を咀嚼《そしやく》した。

次の言葉を幸四郎は息を止めて待ったが、老人はそれ以上は語らず、魚をむさぼった。皆も黙々と焼き魚を食べた。獲れたての上に腹が減っていたから、この上なく美味かった。

「その……月の満ち欠けで動くというのは面白い、実際にはどういうことなのだ」

幸四郎はなお訊ねる。

「確かなことは分からん。要するに月の満ち欠けで動くということじゃて」

「とすると、次はいつ来ることになるのだ？」

「そうだのう、今日は……」

老人は魚の脂でべとついた指を折り、何か数えている。

「わしの考えでは、明後日になるだか」

「ほう、明後日といえば……」

「そう、新月の夜だ。細い新月が顔を覗かす夜は……」

そこで何やらアイヌ語になった。巴を窺って、何を言っているか無言で問うたが、巴も首を傾げている。

幸四郎は神秘感に包まれて、空を仰いだ。

日は暮れかけており、薄青い空の端が真っ赤に染まっていた。何十羽ものカラスが騒がしく鳴きながら、その中を渡っていく。そうだ、今夜と明日の夜は月が出ないのだ。そのことに幸四郎は初めて気がついた。

山の日暮れは早い。すでに夕闇は、沢の周辺から、音もなく這い寄っている。山中を闇が閉ざすと、獣たちをはじめ、森羅万象《しんらばんしょう》が息を吹き返すだろう。

急にそのことが思われ、心せいた。

「ご老人、おかげで今日は助かった、酒は持って行ってくれ」

言って、勢いよく立ち上がる。他の者も、口々に礼を言って立ち上がった。

六

第一夜は、嘉七から教えられていた猟師小屋で明かした。

近くをせせらぎが流れており、飲み水や洗顔に事欠かなかった。

しかし嘉七の世話もここまでで、翌日からは、自分らで臨機応変に宿を調達しなければならない。

皆、昨夜から今朝にかけて、わずかに仮眠しただけだったから、それぞれ場所を決めて筵を敷き、持参してきた犬の毛皮にくるまってゴロリと横になるや、たちまち豪快な鼾《いびき》が聞こえ始めた。

だが毛皮にくるまって板壁に背中を押し付けて寝そべった幸四郎は、なかなか寝付けなかった。

夜半から風が出て来たか、原生林のざわめく風がゴウーッと海鳴りのように響き、暗黒の闇にうごめく原始の気配が、ひしひしと迫ってくる。

遠くでオオカミの吠え声がし、そのうち小屋の板壁一枚のすぐ向こうに、獣の歩き回る足音が聞こえ始めた。

エゾシカか、クマか……？

その音は草臥《くたび》れきっている体から、眠りを奪った。

土間に繋いだ馬の岩龍も、何かを察してしきりに足踏みし、鼻を鳴らしている。

(それにしても、久留津とは一体何者か？)

そんな疑問が改めて、ジクジクと胸の底から溢れてくる。

初めて調書を読んだ時から、それは胸にしこっていた。小出奉行の匂わせた説明も、その問いを満たすものではなかった。

そこに書かれている以外のことが、何かあるのではないか。そんな謎めいたものを感じ、安藤目付と嘉七に問うてみたのだが、二人とも何となく言を左右にし、とうとう誰に何を教えてもらうでもなしに、出て来てしまった。

今日、あの老人の話を聞いて、その謎が急に深まったようだ。

そもそもである、三人も殺めて逃げた極悪非道の男が、一体なぜアイヌの守護神なのか？　純朴な人々に取り入る処世術によほどたけた、天性の詐欺師か。

なぜ人を殺めたのか。そこに何があるのだ。

思うほどに、頭の芯が目覚め、煮えたぎってくる
（いや、今は考えるな、ぐっすり眠れ、熟睡が第一だ）

幸四郎はしきりにそう念じ、風の音に耳をすますうち、泥のような眠りに引き込まれていった。


翌朝は明けきらぬうちに起きた。

土間に掘られた囲炉裏に火を熾し、湯を沸かして、持参してきた干飯《ほしいい》と干魚で腹を満たした。

意外にも儀三郎が身だしなみにうるさく、明るくなると、小刀で丹念に髭をあたった。それを半蔵は横目で見ていたが、悪態はつかない。人には横柄だったが、馬の世話は実に丁寧で、絹糸一本で馬を動かすという儀三郎伝説が、今は誰にも信じられた

からだ。

その朝は、猟師小屋を出てすぐに隠れ場所に向かう。午前のうちに二つの隠れ家を回って、続けて潰した。どちらにも最近人の泊まった気配はなく、武器も見つからなかった。

雲が早く動いていて、陽が射したり翳ったりし、どこか遠い山間でゴロゴロと雷が鳴っていた。

道らしい道もない笹藪を、熊鈴を鳴らしてかき分け、原始林のケモノ道を抜けて行くと、さして広くはない岩だらけの川に出た。

「ああ、昔、この川は砂金が採れたようですね。ほれ、お頭、あれが掘り跡ですよ」

彦次郎が立ち止まって指さした。なるほど、河原のあちこちに川底を掘り返した跡が見えている。

当時の砂金の掘り方は、きわめて原始的な方法だった。

佐渡金山のように、金鉱を掘り進むのではない。川の岩盤に挟《はさ》まっている砂金を刳《えぐ》り出したり、大石を川の側面に積み上げて川の流れを変え、川床の岩盤を露出させて砂金を掘り返すのである。

だから砂金掘りが入った場所は、荒らされ、大きな石を積み上げた石垣の跡だけが

残されているという。まさにそんな石垣が、水に浸食され、崩れかけながら残ってい
た。
　この川の中央に、広い中州があり、背後の大きな木の陰になって涼しそうだった。
汗まみれで歩き詰めて来た一行は、ここでしばし休息し、昼食をとることになった。
そうと決まると彦次郎が数個の石を集めて竈《かまど》を作り、その囲いの中で手早く火を熾
す。
　その間に半蔵が鍋に入れた米を、川で洗い、即席の竈にかけた。
　皆が冷たい水で手足を洗ってくつろぐうちに、飯は炊き上がった。
　こんな緊迫した状況で、こんなふっくらした美味い飯を食べられるのが信じられな
かった。だが干魚を菜に、飯は一椀にとどめ、残りはすぐ握り飯にする。
「若えの、お前は飯炊きの名人だな。わしも飯炊きには自信あるが、こうはいかねえ
だ」
　食べ終えた半蔵が、珍しく褒めた。
「いや、自分は陶工ですからね、毎日、火加減が勝負なのです」
「なーるほど」
　半蔵は彦次郎のその答が気に入り、拍手して言った。

「これからお前を飯炊きと呼ぼう」

「千愚斎が彦次を推した時は、親馬鹿かと疑ったが、その理由が今は分かるような気がするな」

幸四郎までが戯《ざ》れ口をきいたので、皆は笑った。

この頃には皆、符牒で呼び合っており、幸四郎はお頭、半蔵は独眼、巴は御前《ごぜ》、儀三郎は馬方と呼ばれていたが、彦次郎の飯炊きがこれに加わった。

実際、彦次郎は火を生き物のように扱って皆を驚かせた。薪一本小枝一本の微妙な出し入れで炎を制し、手際よく煮炊きする。その技に、舌を巻かぬ者はいなかった。

白湯《さゆ》で一服しながら、今後の進路を相談し始めた時だった。

地図から顔を上げた幸四郎は、半蔵に問いかけようとしてハッとした。こちらを向いている半蔵の独眼が、異常な光を帯びている。

その目は幸四郎の肩を越え、背後の対岸にじっと注がれているのだ。その辺りはチシマザサの生い茂る藪である。

またヒグマか?

こわごわ振り返る。

空は翳っていたが、雲間からサッと陽がさし、木の葉が頭上で揺れた。遠雷が鳴り、にわかにまた陽が翳って、パラパラと小雨が走った。

今までしきりにさえずっていた小鳥が、急に静まった。

独眼がギロリと動くまでの一瞬が、やけに長く感じられた。

「伏せろ！」

声が飛んだ。

ウッ、南無三《なむさん》……。幸四郎はまるで水に飛び込むように、河原の石ころに身を伏せる。ほとんど同時に、半蔵と幸四郎の間をビュンと唸りを上げて矢が飛んで行った。

自分を狙っているのは、誰だ？

もうすでに敵に悟られたか？

幸四郎はつっ伏しながら考える。敵に背を向けた姿勢で伏したから、敵陣が見えない。そのままずるずる這い進みつつ、周囲に目をやった。彦次郎と半蔵は逆の姿勢で後退し、中州を外れて背後の藪に潜り込んで行く。

巴の姿はない。

少し下の岸辺で馬に餌を与えていた儀三郎は、声を聞いたとたん馬を引いて、灌木の陰に飛び込んだ。

幸四郎の回りに第二矢、第三矢が突き刺さり、何とか藪に逃げ込んだ時は第四の矢が耳を掠めた。

何者だ、アイヌか？　何人いる？　そこに這いつくばったまま、必死に頭を巡らしたが今は想像もつかない。

「お頭、大丈夫か」

囁く声に振り向くと、半蔵と彦次郎がすでに銃を抱えてそばに屈んでいた。

「大丈夫だ、ござはどこだ？」

半蔵は指を上に向けた。はっとして見上げると、いつのまにか巴が木の幹に身を潜めて、幸四郎の遠眼鏡で敵陣を観察している。

「ござ、敵が見えたら報告しろ」

「敵はたぶん二人、和人だ」

低い声が降ってくる。

「お頭、撃つか」と独眼。

「いや、生け捕りだ。独眼、お前は上流から向こう岸に渡れ。彦次、すぐに馬方を見つけ、下流から回り込むよう伝えよ」

上流の流れは、すぐ上で大きく曲線を描いていて、ひどく見通しが悪い。敵に見つからずに対岸に渡れるだろう。

「よし、上と下から挟み討ちだな」

「弓矢を置いていけ、私がここで引きつけている」

半蔵と彦次郎が腰を屈めて走り去った。

幸四郎は矢をつがえて、様子を見ながら数本を対岸に射込んだ。だが、チシマザサの藪は静寂そのものだ。向こうも様子を窺っているのだろう。

万一いま、斬り込まれれば、まともに戦えるのは自分一人だ。幸四郎は懐の短銃と、腰の刀に思わず手をやった。

「……お頭、下には馬しかいません」

少したって彦次郎が戻ってきて、息を弾ませた。

「儀三郎はすでに向こう岸のようです」

「なに、一人で乗り込んだのか？」

返事を待つまでもなく、対岸が賑やかになった。儀三郎と半蔵が、何やら罵り合いながら川を渡ってくる。

またか、とうんざりしつつ幸四郎は河原に飛び出して行った。巴と彦次郎が後に続いて来て、一同はまた中州に集まった。

「お頭、済まんこって」

半蔵が先に声を上げた。

「この馬方野郎が勝手に動きやがって！　まんまと逃げられただ」

「自分は指示の出る前にすでに背後に回り、やつらを叩き出そうとしたんです。ところがこの独眼が余計なことを……」

「馬鹿野郎、お頭の言うおり挟み討ちにしてりゃ、問題なかったんだ。ところがこいつは横から出て来やがったんで、敵に察知されちまった」

「よし、事情は分かった。儀三郎が背後に回ったのは機敏な動きだが、私の指示を待つべきだった」

「しかし……」

「シカシも、カカシもねえんだよ。機敏ちゅうよりこいつはただの尻軽だ」

「もういい、独眼。うまくいかないこともある」

幸四郎はたしなめ、落ちていた矢を拾った。対岸に人影はなく、林には陽の光がくまなく輝いている。

「皆、座れ。この矢を見ろ、アイヌの毒矢とは違うようだ。だがさっき独眼が注意しなかったら、この矢は私に刺さっていたところだ。ごぜの話では、敵は和人二人というが、何者と思うか？」

「松前藩の手先ですかね」

儀三郎が、忌々《いまいま》しげな視線を半蔵から戻して言う。

「松前藩が、いかなる理由でわれらを妨害するのだ」

「われらが久留津を成敗したら、松前藩のメンツがたたない。本来これは、松前藩がやるべきことですから」

「なるほど」

幸四郎は首を傾げ、視線をまた対岸に巡らせる。

「しかし松前藩は押さえてある。もしそうであれば、跳ね上がり分子か」

「……やつら、朝から尾《つ》けて来たような気がするだ」

半蔵が言い出した。

「どうして分かる？」

「うーん、ただの勘だが……ほうき星の隠れ家を出た辺りから、そんな気がしてならなかっただ」

半蔵は腕を組み、しきりに考え込んでいる。

「あそこから尾行されていたとすると、ほうき星の手先か」

「ほうき星の回りに和人はいないぞ」

聞いていた巴が、突然、首を大きく振って言う。

「とすると、松前藩の金山見張り役か」

儀三郎が呟《つぶや》くと、すぐ半蔵が嚙みついた。

「馬鹿、惚《とぼ》けたことを抜かすでねえ。わしら、金なんか一かけらも掘っちゃいねえだ。そもそもこのご時勢、毒にもクスリにもならん盗掘野郎を見張ってるほど、松前藩は暇で、しみったれた藩か」

「どんなご時勢でも、あんたが一番金掘りらしく見えますよ。だから攻撃してきたのでは……」

「馬方、止《や》めろ」

と幸四郎は、二人の応酬を立ち切るようにきっぱり言った。

「敵はわれらを、盗掘者と思って尾けてきたのではない。われらが何者か心得ているからこそ、攻撃もしたのだろう。情報がどこかで漏れているようだ」

その言葉に皆は、疑心暗鬼にかられて互いを見交わした。

「馬じゃねえのか」

半蔵が言い出した。

「馬？　どういう意味です？」と儀三郎。

「険しい山に馴れた馬……とか何とか、大仰な触れ込みで探したんで、そこから足がついたんだ」

「あんた、岩龍寺の住職の話、聞いてなかったな。馬は福嶋屋の旦那から贈られ、それを住職が訓練したと……。あんたこそ、一昨日だか、岡場所に行ったそうじゃないですか。酔ったあげく、何か大事なことを漏らしたんじゃないですか」

「止《や》めるんだ。内輪揉めしてる場合か」

幸四郎が言った。

「襲撃に失敗した以上、やつらはまた追ってくるだろう。やられる前に、こちらから仕掛けるしかない」

「お頭、そいつはわしに任せてくだせえ」

すぐに半蔵が受け合った。

「ほう、引っ捕らえる方法があるか」

「あるだ。やつらはたぶん、夜中に襲って来るべな。そこを狙うだ」

七

半蔵の方法とは、今夜泊まる猟師小屋の前に、罠を仕掛けるというものだった。

「罠？　はてさて素朴ですな、引っ掛かりますかね」

儀三郎が小バカにしたように反論した。

「むしろ逆でしょう。小屋の中じゃ、鉄砲抱えて、寝ずの番をしてるに決まってる。向こうだってそのくらい考えて、夜の襲撃は避けるのが常道じゃないですか。人数はこちらが勝ってるのだし、夜はクマやオオカミが活躍する……。おそらく明日またどこかで待ち伏せし、奇襲を仕掛けてくるんじゃないか、自分はそう考えます」

「明日、途中で待ち伏せされたくねえ。だから今夜のうちに取っ捕まえるだ」

「だから、夜は来ませんて」

「いんや、誰もがお前さんみてえな利口モンたァ限らんさ。わしの勘だが、連中は小屋まで尾けてくるに違いねえだ。何故だか分かるか？　……やつらはお侍《さむれえ》だからさ。武士ってェのは、命よりか、任務の方が大事な連中ときてるだ、どうでえ、お頭」

「ははは……痛いことを言うね」

幸四郎は笑った。

「もっとも私はそんなリッパな武士じゃないが」

笑いながら幸四郎は、昨夜、小屋の回りをしきりに歩き回る獣の足音を思い出していた。あれは本当にエゾジカだったろうか。

もしかして追っ手の足音だったら、今夜も来るに違いない。

「しかしですねえ。小屋の前に罠を仕掛けるのはいいが、先に本物のタヌキがかかっていなけりゃの話でしょう」

儀三郎が言うと、

「タヌキがかかりゃめっけもの、旨いタヌキ汁が食えるだ」

と半蔵が言い返す。

「ツベコベ理屈こねてねえで、やってみるこった。小屋を襲うかどうかはともかく、様子を見に近づいては来るだべな。そこを狙うだ」

「独眼、その罠だが……」

幸四郎が遮った。

「そう簡単に作れるものなのか」

「へえ、お頭、自分で言うのも何だが、わしは罠作りの名人だで。幸い金掘りの道具も持ってるし……。なに、簡単なものでいいだよ。足を引っ掛けりゃ、音が出て、小屋で寝てるわしらに知らせてくれれば、それでいいだ」

「そうか、なるほど」

幸四郎は考え込みつつ言った。

「ではお前に任そう。まずは、小屋を見つけるのが先決だな」

「日暮れまでに探せるのか、独眼」

と巴までが、不安げに辺りを見回して問いかける。

「およその見当はつく。この山に何度か入ったことがあるでな」

どういう所に猟師小屋があるか、大体は分かるらしい。

確かに日没前に小屋は見つかった。

一行は岩部岳山塊から、隠れ家を潰しながら西に進んできており、百軒岳に達していた。明日からは北に進路を取り、袴腰岳、前千軒岳と一直線に並んでいる中央分水嶺を辿り、大千軒岳に至る。

この連峰から東に流れる川は、ほとんどが知内川に合流し、津軽海峡に流れ込むのだ。

小屋は百軒岳の東の急崖を背景にしており、粗末な板囲いだが、土間に囲炉裏があった。小屋から前面の鬱蒼たる原始の森までは、細いブナ林を抜けていく。

この林道の入り口に、半蔵は何やらせっせと土を掘り返し、綱を張り巡らした。まだ昼の光が地面にたゆたって物が見えるうち、彦次郎に手伝わせて、早々と仕上げてしまった。

どのくらい寝込んでいただろう。何かの気配で眼を覚ました。

埃と湿ったカビの臭いが気になったが、端っこで筵にくるまったとたん、穴にでも墜ちるように眠りに落ち込んでしまったようだ。

カタカタ……と足元で木のこすれ合う音がしている。

獲物がかかったか？

ハッとして飛び起きる。まっ暗闇に眼が馴れると、半蔵のいた筵はすでにもぬけの空だった。

「裏から出て行きましたよ」

窓のそばに立って外を窺っていた儀三郎が、囁いた。

身じまいもそこそこに、幸四郎は短銃を手にして窓際に立った。窓といっても粗末な雨戸が一枚嵌《は》まっているだけで、その板戸を少しこじ開けて隙間から外を窺うのである。

そこから、夜気が流れ込んでくる。山の夜気は、木々の匂いに噎《む》せそうに濃く、凍えそうに冷たかった。

月も星もない真っ暗がりで、何も見えなかった。

だが目が馴れてくると、こんもりとした闇の塊りになって見える森の入り口辺りで、何かが動いているようだ。

「止まれッ、止まらんと撃つぞッ……」

夜の静寂を破って響くその声は、半蔵の独特のしゃがれ声だ。

どうやら半蔵の直感的な読みが、儀三郎の理屈に勝ったのだ。小屋にいた四人はそれぞれに武器を持つや、小屋の外に飛び出して行った。

そばに駈け寄ると、男が一人が罠に足を挟まれてうずくまっており、もう一人が半蔵の銃の前に突っ立っていた。

全員が小屋に引き揚げ、ひとまず二人を土間の柱に縛りつけてから、彦次郎が土間に掘られた囲炉裏に火を熾した。

あかあか燃え上がった囲炉裏の明かりに照らされ、ようやく二人の様子が見えてきた。意外に二人とも若く、真っ黒に日焼けした面差しがよく似ていた。

二人とも面長で顎がしゃくれ、目が細くつり上がっている。

罠にかかって足を負傷しているのは、二十一、二に見える若侍で、皮の陣羽織を身につけ小刀をさしていた。

それを助けようとしていたのは、蓑《みの》を身につけた少し年下の若者で、二人とも弓矢を背負っている。

二人は血の気の引いた顔で口を引き結び、何を訊ねても答えない。衣服を検《あらた》めてみると、二人とも数珠《じゅず》を懐に入れていた。

どうやら死ぬ気で来たらしい。

幸四郎は困惑した。沈黙で、持久戦に持ち込まれるのは大いに迷惑だった。皆は疲労困憊《こんぱい》しており、明日に備えて皆を早く休ませたかった。そのためにも一刻も早く白状させ、二人の正体を見極めて、明日の作戦につなげたいのだ。

だがこの者らは、死を覚悟で黙秘を続けている。

「お前らは似ているが、兄弟か？」

幸四郎は柔らかく話しかけた。

「なぜ後を尾けてきた？　われらのことを、どこで、誰に聞いて知ったのだ？」

自分たちのことが一体どこから漏れたのか。それが幸四郎には、最も気がかりなところだった。

知っているのは嘉七と、松前藩の幹部だけであり、奉行所の機密をみだりに口外するような人物ではないはずである。

幸四郎は不意に閃いて、背後を振り返った。

「ごぜ、お前は今朝、岩龍寺からどこかへ消えたな？　まさかこいつらに、連絡しに行ったのではないか」

巴は少し離れた柱に体をもたせ、こちらを眺めていた。脚絆《きゃはん》を脱いで洗ったばかりの白い素足が、妙に艶《なまめ》かしく目に飛び込んできた
「連絡とっただと？　ふん、とうとう血迷ったか、お頭……。一体どうやってとるんだ？　おれは字が書けない、恋文も書いたことがない」

「ふーむ」

困惑する幸四郎を見て、巴は皮肉に薄く笑い、立ち上がって土間まで出てきた。

「お前ら、たぶん松前藩の役人だろうが、おれを知ってるか？」

「知るか、こんなあばずれ」

「おれの方も、こんな腰抜け男に知り合いはおらん」

アハハ……と傍若無人《ぼうじゃくぶじん》に笑ったのは、半蔵だ。

幸四郎は自分の一時の気の迷いを恥じ、肩をすくめて二人の若者を見た。

二人の蒼白だった顔には、朱が注がれていた。

おそらく巴は内通を疑われて、熱くなったのだろう。能面のような顔をこわばらせて、なおも続ける。

「実はおれの父様《ととさま》も、松前藩士だったらしい。らしい……というのは、おれは父様を知らないのだ。母様はおれを連れて大千軒の山に入り、おれを残して、自分一人で首を吊っちまった。たまたま通りかかったアイヌが、それを見つけて死体を埋めてくれ、おれをコタンに連れ帰った。母様は書き付けを残していて、その中に、父様は藩に逆らってお手討ちになったので、自分はその後を追うと書かれていたって」

「…………」

小屋の中はシンと静まっていた。

両親のことは何も知らないと言っていた巴が、こんな身の上話をするなど予想もしなかった。

そもそもここに集められた四人は、打ち明け話などいっさい口にしそうにない連中である。任務を終えたら、じゃあな、の一言だけで別れていきそうだったのだ。

「そんなわけで、おれは松前藩と聞くと虫酸《むしず》が走るんだ。お頭、こいつらを拷問するなら、おれにやらせろ。生爪くらい剝いでも死にやしないだろう」

これには幸四郎は度肝を抜かしたが、もっと驚いたのが、この二人だったようだ。

若い方が、急に目をむいて言い出した。

「あんたら、松前藩でないのか？」

「違う」

幸四郎がきっぱりと言った。

「自分らは松前藩士でも、その手先でもない。入山した目的は見ての通り金掘りだ。もし間違われて襲われたのなら、迷惑千万。幸い矢は当たらなかったが、故なく命を狙われたのだ。ぬしらはその償いをするべきだ。一刻も早く身分を明かし、あの襲撃は間違いだったと証明すればいいのだ」

二人は顔を見合わせたまましばらく無言でいたが、年長の若者が乾いた唇を舐めて頷いた。

「あんたは金掘りには見えんが、蝦夷者でもなさそうだな。江戸者は訛りがないからすぐ分かる」

相手はそう指摘し、奉行所役人かと訊ねたそうな気配を見せた。

「ぬしは、松前藩士なのか」

幸四郎は先手を打って、訊き返した。

「一昨年まではな」

年長が、咳払いして言った。

「自分は桑原政義《くわばらまさよし》、徒士目付《かち》だった。弟は桑原増蔵《ますぞう》、お先手組《さきてぐみ》だった。だが親父が死んでから、二人で漁師になった。なぜかというと、改易《かいえき》になったからだ。そのわれらが漁を放って、出て来たのは、最近ある噂を聞いたからで……」

そこで咳き込んだ。すぐに彦次郎が竹筒の水を口に流し込んでやると、ゴクゴク喉を鳴らして呑んだ。

「その噂とは、松前藩がまた〝久留津征伐隊〟を送り込んだ、というものだ。今度は小数精鋭で隊を組み、舟隠し岩から入ったと。そこで自分らは、その日のうちに舟で隠し岩まで行き、そこからずっと後を辿って追ってきたわけだ」

「その早さからすれば、ぬしらは福島辺りから来たのだな」

「そうだ、われら、今は福島村の漁師だ」

「ほう。どこで追いついた」

「昨夜の猟師小屋だ。岩龍寺で小僧を見つけ、金を握らせたら教えてくれたのだ」

「なるほど」

そういうことか……。幸四郎はやっとすべてが腑に落ちた。

推察するに、噂の発信源は、福島から拾った案内役のあの船頭に間違いない。幸四郎は自分らの身元を隠すため、松前から舟で来たと偽ったのである。

それを真《ま》に受けた船頭は、一行の尋常ではない気配からして、松前藩の久留津討伐隊ではないかと勘ぐり、そう漁師仲間に漏らした。それが早朝のうちに、この漁師の兄弟に伝わったものだろう。

やはりあの足音も、かれらのものだったかもしれない。

「よし、二人の縄を解いてやれ」

幸四郎は、半蔵にそう命じて言った。

「しかし、ぬしのごとき者が、なぜ久留津征伐隊を狙うのか？　久留津の味方か？」

「いや、久留津征伐隊を狙ったのではない。正確には〝松前藩が送り出すところの征伐隊〟を狙ったのだ」

「………」

どういうことかよく分からないが、何か事情がありそうだ。何か聞けるかもしれない、という期待で鼓動が早くなった。

「つまりぬしらは、久留津については敵でも味方でもないが、松前藩の敵である……ということか」

「そうだ。自分らは松前藩から追放された身だからな」

兄はそこで口を噤み、自由になった手でゴクゴク竹筒の水を呑み、濡れた顎を腕で拭いながら言った。

「間違って襲撃したのは謝る、あんたらに被害がなくて良かった」

「まあ、今夜はここに泊まって、ぶじ福島に帰ってもらいたい。だが宿賃がわりに、少し話を聞かせてもらえないか。久留津のことや、改易の理由についてだ」

幸四郎が言うと、兄は目を光らせた。

「あんたら、あの事件に興味があるようだな?」

「真相を知りたい」

すると今度は弟が急に目を光らせた。

「兄者、宿賃は払った方がいいぞ」

兄は頷いて、おもむろに弟に竹筒を与えた。

「喜んで。城中に封印されたきり、今後、滅多に明るみに出そうにない禍事《まがごと》を、誰かに聞いてもらいたかった。もしあんたらが、箱館から来られたのであれば、なおさらだ。ぜひとも聞いて、人に伝えてもらいたい……」

八

それは三年前、松前城内で起こったという刃傷《にんじょう》事件である。

乱心した藩士によって、現場に居合わせた三人全員が殺害されてしまったため、事件の詳細は不明と伝えられている。

ところがその場には、もう一人、同席者がいたというのだ。

現場に居て一部始終を目撃しながら、記録からは抹殺された人物。それが兄弟の父、桑原重兵衛《じゅうべえ》だというのである。

重兵衛は公事方下役として、公事目付の配下にあり、その日は資料を持って目付のそばに控えていたのだった。従ってかれは、謎とされる久留津事件の、唯一人の証人なのだ。

事件後、重兵衛はすぐに重臣らの前に呼ばれ、問われるままに見たことを正直に話した。するときつい叱責を受け、固く他言を禁じられた上、御城下を追放となり、閉門蟄居《ちっきょ》を命じられた。

理由はこうだった。

「久留津の乱心をそばで見ながら、身を挺して諌めることもせず、むざむざ三人もの犠牲者を出したのは、藩士として恥ずべき怯懦《きょうだ》なり。その罪は切腹に値するが、城内のこととて予期せぬ事態であり、ただちに周囲を封鎖し内々にことを収めた功により、罪一等を減じるものなり」

桑原一家はその日のうちに役宅を出て、城下町を去り、海辺の親類宅に身を寄せた。重兵衛はそこで蟄居の身となり、一月《ひとつき》たたぬ間に自害して果てた。息子たちには何も語り遺したことはなかったが、一通の遺書を極秘で忠僕に託したという。

父の言い付けにより、息子らは読んですぐに焼却したが、その内容は鮮やかに二人の脳裏に刻まれていた。

二人が代わる代わる言葉を足しながら、幸四郎に伝えたことは、以下のような内容であった。

〝……自分が諌止《かんし》も、追捕《ついぶ》もしなかったことで咎《とが》を受けるのは、武士として至極もっともである。従って弁明の余地は全くないが、その前後の事情を記憶に止めてもらいたくここに記し置く。

あのお方は逃げる寸前、自分を見やってこう言われた。

「捕まえるなら今だよ」

いや、実際の声は聞こえなかったが、そう言ったように自分には思われたのだ。だが呆然と見ていた自分は、なぜか首を振った。

この人物と格別に親しくない自分が、なぜあの時、追い討ちもかけず安閑と逃したのか、今もって不思議でならない。

ただ言えるのは、あの時あれだけの凶事を行いながら、あのお方は少しも取り乱しておらず、それどころか犯し難い品位と威厳があったことである。

だから自分には、当然のことのように思えたのだ。

それまであの座敷で何があったかと問われても、さしたることも思い浮かばない。口論も、侮辱もなかった。そこにあった光景は日常茶飯事で、いつもと変わらぬ公事（裁判）のことが話されていたに過ぎなかった。

巻き添えで斬られた海産商江戸屋忠兵衛は、アイヌの女房を奪ったかどで、その夫から訴えが出されていた。

アイヌから訴えがあると、公事掛はまず加害者の和人を呼び出して、内々に話を聞く。和人は巧みに弁明をし、それなりの金を包むのだ。

弁明は決まりきったものだった。

〝アイヌは、何日働いても給金がないと文句を言うが、その間こちらは酒を呑ませ、米を与えております……〟

〝干アワビ、鮭塩引き、オットセイの皮を、米五升と交換するのは少なすぎると言うが、連中は元手もかけずその辺から獲ってくるだけです。こちらは元手が掛かってますからな〟

公事はナアナアで終わり、アイヌの敗けは初めから決まっている。公事方も兼任していた久留津は、よくそうした場に立ち会ったが、ほとんど口を挟まず黙っており、寡黙で温和な男と皆は気を許していた。

この日もすべて、いつもと変わることがなかった。

ただざんざん江戸屋の弁明を聞いてから、公事掛が言った。

「……といって、女房まで奪うのはいかがなものか」

すると江戸家が言った。

「しかしこちらが米五升渡したのに、あの者は、それに見合う品を持って来なかった。だから不足分を持ってくるまで、女房を質に取っただけのことで……いえ、妾にしたわけではない、あたしは何もしちゃいません。ちょいと押し込めるだけで、よほど金になることがあるんでして。ふっふ……、ほれ、写真というやつですよ」

江戸屋は声をひそめ、最近、アイヌの女房の全裸写真を撮らせ、闇で売買を始めたと言った。

「土人の女のものは、江戸の好事家《こうずか》に高値で売れますよ」

包みから何枚かの写真を出して見せると、役人二人はニヤッと笑って手を振ったが、その割に熱心に覗き込んだ。

お三方は忍び笑いをしながら、何やら女体の品定めいたことをヒソヒソ声で言い合っていた。

自分が加わらなかったのは、無粋で朴念仁《ぼくねんじん》のこの自分にも、ここはもったいなくも城中であるぞ、という一抹の矜持《きょうじ》があったからだ。

卑猥な笑い声を上げるお三方に対抗し、せめて持参の資料を膝の上で開いた……というのが、自分が覚えている限りの最後の抵抗であった。

ハッと気がつくと、抜き身を下げたあのお方の長身が、ぬっと目前にあったのだ。

白刃はほんの一瞬閃いただけだったが、たちまち座敷は血の海となり果てた。何が起こったか自分には分からず、ただ手を突き出して空をかきむしるお三方の断末魔の姿が、影絵のように目の裏に焼き付いた。

この一瞬で、あのお方も自分も含め、一堂に会していた五人の運命が暗転したのである。

なぜあの日に限り（あれ以上のこともあったのに！）、たかだかあの程度のことで、あのお方は逆上なされたか、自分ごとき者には理解できぬ。まさに〝乱心〟としか言いようがない。

一体、あのお三方は、殺されるほどの罪を犯したかと問われると、いや、それほどではない、いつもと同じだったと自分は答えざるを得ない。お三方は運が悪かったのだと。

しかしあのお方にとっては、死に値する罪であったのだ。

あのお方が許せなかったのは、どうも、お三方がはしなくも見せた人品骨柄の低さ、卑しさ、底深い腐敗を思わせる狎れ合い……というようなものではなかったか。

そうしたことに鈍感だった自分は、よくコトが見えていなかった。

だが妙に透き通って森羅万象が見えるようになった今、自分の至らなさが恥ずかしくてならぬ。

自分はなぜあの時、命を賭して、諫め申さなかったか。もちろん、諫めるべき相手はあのお方ではなく、お三方の方だったのだ。

それ以上に、なぜ自分はあのお方に同調しなかったか。今はそれが悔やまれてならぬ。並外れたあの方の自制心と、爆発した時の凄まじい起爆力に、自分はただただ驚き腰を抜かすばかり。あの事件は、起こるべくして起こった。しかるに事の真相は、一般には封じられてしまった。

今はこの桑原重兵衛、己れの恥を武士らしく始末致し、本懐を遂げんと思う〟

「……正直なところ、初めは久留津を恨みもした。あの御仁さえあのような事件を起こさなければ、父は自刃に追い込まれることもなく、桑原家は安泰だったのだから」

政義は語り終え、しゃくれた顎をさすった。

「しかしこの遺書を読んだことで、自分は救われたように思った。久留津は三人も殺したのだから、罰せられてしかるべきだろう。だが自分らが〝仇〟として狙う相手ではない。仇討《あだう》ちする気など、毛頭ござらぬ。それどころかこう心に誓っているのだ。少なくとも、松前藩には、久留津を殺させぬと……」

すると弟が頷いて、後を引き取った。

「父を殺したのは松前藩なのだ。真相を隠蔽し、不利なことはすべて闇に葬るような体質が父を殺した、絶対に許せない。自分らにとって久留津は仇でも敵でもない。だから松前藩が久留津征伐隊を繰り出した時は、兄と一緒にそれを妨害して来た。せめてそれが自分らの仇討ちであろうと……」

興奮して涙声になり、ついに声は途絶えた。

皆は粛然として、小屋の中は水を打ったように静かになった。

支倉隊五人は、考え方、立場、境遇がまるで違うのだが、その違いを越えて、今の話は皆の心に沁み入ったのである。

風が出て来たらしく、深い森の木々をわたるザワザワという音が響いていた。

(そういうことだったか)

幸四郎は今は、もう一つの大きな疑問に囚われていた。

小出奉行は、こうした真相を知らずにこの任務を自分に命じたのか？　それともすべて承知の上だったのであるか？

あの奉行のことだ、考えられるのは後者であろう。

〝でっちあげ〟に近い松前藩の調書を、あの慎重な小出が鵜呑みにするはずはない。おそらく密偵に独自の調査をさせた上での、執行命令と考えるべきだろう。

そう考えると、深い惑いに襲われた。何かしら、手妻《てづま》（手品）でも仕掛けられたような気がした。

（それが幕府官僚としての小出の姿か？）

箱館に赴任して以来の〝支倉幸四郎〟は、あの人物によって作られたとかれは承知していた。

将軍家お膝元で育った旗本の誇りと甘えと傲慢を、根本から打ち砕き、蝦夷という辺境の現実を見据え、一から御政道を行う強さと心構えを、あの人物によって植え付けられたのだ。

だがかれの強さとは一体何だろう。

とりもなおさず冷徹さ、非情さではないのか。

あの福嶋屋嘉七に至っては、さらにそれが当てはまる。

久留津の上司だったというかれは、その人柄を誰よりも深く知っていただろう。この件で初めて福嶋屋を訪ねた時、嘉七は、奥まった冷んやりした蔵に幸四郎を誘った上で、久留津のことをふと……という感じで口にした。

だが何か言いかけて口を噤み、嘉七が藩士だった時代に、配下にいたことを仄めかしただけだ。

その謎めいた態度から、嘉七はすべてを承知の上で、奉行所に協力していると考えて間違いない。たぶん嘉七はあの時、久留津は〝殺すには惜しい男だ〟と言いたかったのではないか。

幸四郎は具体的な事実は何も知らされなかったし、知るすべもなかった。松前藩から出された調書も、安藤目付の説明も、思えば嘘っぱちだらけだった。

いや……正確には、自分はそれを鵜呑みにしていたのではない。深く考えないようにしてきただけなのだ。相手がいかなる人物であれ、任務である以上、深く詮索しないのが賢明であると。

「……さて、そろそろ寝るべえか」

突然、半蔵が大きな声で言い、わざとらしい大欠伸をした。

幸四郎ははっとした。この種の情報は耳に入れない方がいい、と半蔵に教えられたような気がしたのである。

(われらは極悪人を討ちにいくのだ)

そう信じなければ、とてもじゃないが士気は上がらない。指揮官は、雑音に耳を傾けてはならないのだ。

幸四郎はすぐに腰を上げ、二人のために寝床を用意するよう彦次郎に命じた。寝床といっても隙間を作って筵を敷き、毛皮を一枚ずつ与えただけだったが。だが、彦次郎は怪我の手当までしていた。

寝につく前に幸四郎はもう一度、二人と話し、この付近の地形を聞きとって、大まかな地図を作った。

九

翌三日目の朝、山には一面に白い霧が流れていた。

四方を海に囲まれ、昼と夜の温度差の大きい蝦夷は、温暖な季節になると霧が発生しやすい。そういえば箱館湾もよく乳色の濃霧に閉ざされて、船が航行不能に陥ることが多かった。

この千軒岳界隈は、東側に広がる海峡から霧が押し寄せてくるのだろう。少ししょっぱい霧が、原生林を、谷を、山影を呑み込んで、この凹凸の多い険しい山峡をのっぺらぼうにしてしまう。

「彦次、この霧で大丈夫か」

朝、戸を開いたとたん煙のように屋内に流れ込む霧に、幸四郎は不安の声を上げた。

「うーん、これはきついっすね。だけどもっと凄い濃霧を経験したこともあるし、何とか行きます」

皆を励ますようにかれは言った。

「いや、この霧はむしろ、吉兆かもしれないすよ」

霧に紛れて行けば、ぎりぎりまで悟られないという意味だった。

だが実際に出発してみると、見通しは極めて悪かった。先頭を行く彦次郎の後に、儀三郎と荷を積んだ馬、巴、そして銃を手にした半蔵、しんがりの幸四郎……という順に続き、それぞれ笠と合羽で身ごしらえをしていた。

それでなくても大柄な半蔵は、さらに怪物めいて大きく見えるが、その後ろ姿さえ、おぼろに霧に滲んでいた。

しかし休んでいる時間はない。

新月は今夜である。

今日こそこの百軒岳を下って、沢を渡り崖を攀《よ》じ登りしつつ、尾根伝いに前千軒岳に入らなければならない。川を遡らず、前千軒から大千軒岳に尾根伝いに入る行き方は、たぶん相手の意表をつくものだろう。

霧に隠れて、行ける所まで行きたかった。

だが、霧で自分らの姿が隠されるのはいいが、目印になる山の姿も、森影も、すっかり呑み込まれてしまっている。

一行の歩みは牛さながらで、足元を踏み固めながら、一寸先を確かめるようにして進むのだった。四人は間隔を開けずに一列になり、斥候として先を行く彦次郎がクマ鈴を鳴らして進んだ。

彦次郎は時折、道を塞ぐ倒木や岩石を発見し、声を上げて注意を促した。

あの桑原兄弟とは小屋の前で別れた。

二人はおそらく、久しぶりに武士らしき者と接し、闇に葬られた父親の秘話を、たぶん初めて語ったのだろう。名残り惜しそうに目を潤ませ、名前を教えてほしいと懇願した。

だが幸四郎はあくまで名乗らず、会いたくなった時は箱館の高龍寺に千愚斎なる者を訊ねよ、とのみ答えた。

「あんたらに会えて良かった。今まで門外不出だったことが言えて、胸のつかえが下りたような気がする」

そう言って二人は名残《なごり》惜しげに頭を下げ、霧の中に消えて行ったのだ。兄は負傷した足を引きずり、弟はそれを支えながらの退場だった。

以来……あの兄弟の話を聞いて以来、心なしか、一行の空気には微妙な変化が生じていた。誰も口に出しはしないが、〝ほうき星久留津〟を成敗することに、一抹の疑問を感じているようだった。

松前藩がアイヌに暴虐を働いているのは周知のことだが、それに対して、刃を向け、命を賭けて反抗した藩士の話は、聞いたことがなかった。邪悪な殺人鬼のごとく言われていたほうき星は、もしかしたら武士らしい武士ではないのか。

昨夜幸四郎は寝床に就いてから、そんな思いにかられ、闇の中で兄弟とこんな会話を交わした。

「久留津とはどんな男だ？」

「背が高い、頑丈な男のようだ」

弟がそう答え、

「ゆったり物を言う人物らしい」

と兄が付け加えた――。

ゆったりと物を言う人物とは、いかなる者か。

そもそもあの兄弟に会ったのは、夢ではなかったのか。

幸四郎はそんなことをあれこれ想像しながら、歩を進めた。

山はまだ目覚めていないように静かで、水滴の滴《したた》る音や木の実が落ち葉に落ちるような音しか聞こえない。前を行く半蔵のしゃがれ声が、そんな静寂を破った。

「お頭。あの若僧ども、わしらの正体を見破っただかな」

「たぶん」

そう幸四郎は答えた。

「といって、この後、どこかにご注進に及ぶとは思えない」

「うむ、そうだな、いいやつらだった」

クマしか興味のないこのがさつな男が、しみじみ言ったことに、幸四郎は妙な可笑《おか》しさを感じた。

半蔵はそれきり黙り、また静寂が訪れる。

といっても小動物が葉陰をゆする気配や、チチッ……という小鳥の鳴き声が、霧のどこかから耳に入り始めた。山はようやく目覚めつつあった。

霧はまだ濃く薄く流れていたが、ふと晴れる時があり、思いがけず丈の高い木々がうっそりと目の前に見え、皆を驚かした。そしてすぐにまた霧に没していく。

(霧に惑わされてはならぬ)

幸四郎はそう自分を戒めた。

〝怪物〟はこの霧の彼方にいる。あるいは向こうも、近づく運命の足音を霧の底に聞いているかもしれぬ。久留津はやはり、仕留めなければならぬ怪物なのであり、決してカムイなどではないのだと自分に言い聞かせていた。

まだ雪の残る狭い沢を渡る時、霧に淡い淡黄色を滲ませて、垂れ下がるように咲く花があった。

〝沢胡桃《さわくるみ》〟だと半蔵が教えてくれた。深い溪谷に生息し、陽を求めて、丈高く伸びるという。そんな沢胡桃が好みそうな、鋭く切れ込んだ谷は迂回して進む。

ブナ林の茂る痩せ尾根を一刻も歩いた頃、やっと霧が晴れてきた。

急斜面から幅広な尾根に出た辺りで、縺《もつ》れ合った木々の梢から、色を取り戻した青い空が見えた。灌木の茂みが切れると、周りを囲む穏やかな連山が急に姿を現した。

尾根路からなだれ落ちるような斜面には、所々に雪が残っていたが、そばに紫色のニリンソウや紅いカタクリの花が美しく群れ咲いている。

「ややっ……」

半蔵が突然、叫び声を上げたので、花に目を奪われていた皆の足が止まった。半蔵は、明るい陽に目を射られたように、眩しげに辺りを見回している。

「どうした独眼」

幸四郎が声をかける。

「道が違うでねえか？」

「何だと」

幸四郎は悪い予感がよぎり、慌てて懐から地図を出し目の前に広げた。といっても、簡単な地形を荒書きしただけの地図には、周囲の風景など描かれてはいない。

「おい、飯炊き、てめえ道に迷ったな」

半蔵が鋭く言った。

「いや、ま、まさか……」

「斥候がそれで勤まるか。いいか、よく聞け、わしらは百軒岳の東崖から出発し、北に向かってまっすぐ尾根を来ただ」

一行は袴腰岳を目指し、今はその東尾根に回り込んで来ているはずだった。今、袴腰岳にいるとすれば、目前に前千軒岳、大千軒岳と、北に連なる中央分水嶺の雄々しい山々が、迫力をもって一望できるはずだというのである。

「北はこっちだから、あの辺りに前千軒岳、その向こうに大千軒岳が、しっかり見えなくちゃなんねえだ。ところが見ろや、ほれ、前に見えるのは低くて遠い山ばかりでねえか」

「霧が深くて……まだ袴腰岳に来てないすよ」

彦次郎は肉厚な頰を引きつらせ、地図を覗き込んで、しきりに周囲の光景と見比べて言った。

「馬鹿こけ、いくら霧が深かったとはいえ、朝からこんだけ歩いたんだ。亀でもねえ限り、そろそろ前千軒くらい見えなきゃならん。うーん、山の匂いも違うぞ」

半蔵は鼻をうごめかした。幸四郎には、周囲を包む山の清新な気が感じられるだけだったが、半蔵は首を傾げ一歩も進もうとしない。

かれは峠の縁に立ち、周囲を見回した。霧はすっかり晴れ、目の前に見えているのは、なるほど穏やかな低い山稜である。

「彦次、どうなのだ、独眼の言う通りなのか」

幸四郎が振り返って糺《ただ》した。

「…………」

彦次郎は頰を膨らませ、厚い唇を引き結んで彼方の山を見ていたが、ついに頭を下げた。

「どうやら、道を間違えました」

「うーむ、迷ったか」

さて、どうする。似通った低山が折り重なって続く山境では、目印にするような山も見当たらない。急に心細くなったが、黙って流れる汗を拭いた。

チチチ……としきりに小鳥がさえずり、何かの動物が草叢を通り抜けて行くガサガサという音がする。

「ここは一体どこなんだ？」

立ち止まって周囲を睨んでいた儀三郎が、癇性らしく叫んだ。

「それが分かりゃ苦労はねえだ」

半蔵が嘲るように笑う。

皆は一様に太陽に細めた目を向けて、位置を知ろうとした。太陽は中天にかかるにはまだ間があり、四つ半（十一時）くらいかと思われる。

「お頭、あの若僧ども、わざと違う道を教えただかな」

半蔵が言った。

「いや、それはない。彦次の言う通り、霧に紛れてどこかの標識を見過ごしたのだ。そこがどこか分からぬか」

「それが、どうも……」

来た道を引き返すか、太陽を頼りにこのまま北に進むか。思案しながら幸四郎は挑発するように言った。

「どうだ、独眼、ここがどこか当ててみろ」

「…………」

半蔵は無言で眩しげに太陽を見、目を転じて折り重なる山並みを眺め、しきりに鼻をうごめかしていたが、とうとう頷いた。

「空気が湿ってるだ、この下には川が流れてるぞ」

「しかし先ほど渡って来た谷は、涸《か》れ沢だったが？」

「沢胡桃のあった沢かね、あの沢はとうに過ぎた。あれから、尾根をだいぶ進んで来たでねえか」

見下ろすと、はるか下まで急斜面が続いており、重なって茂る灌木の林で谷底は見えなかった。

十

「お頭。ちょっくら沢さ下りて見てくるだ。その間、皆をここで休ませ、昼飯をつかってはどうだね」

「下に下りて、何が分かるのだ」

「もしも沢に、砂金を掘った跡がありゃ、そこは中二股川《なかふたまたがわ》上流だ」

「とすると、ここは……」

「そうだ、お頭、ここは桧倉岳《ひくらだけ》じゃねえかと思う」

幸四郎は地図を覗き込んだ。

桧倉岳は、袴腰岳と百軒岳を結ぶ線を底辺として、東に二等辺三角形を描いた頂点に位置する。中二股川はこの山を源流とし、知内川に注ぎ込んでいる。

「なるほど、東にそれていたか」

幸四郎はやっと愁眉を開いた。道を違えても、位置さえ分かれば作戦は立てられる。

その時、馬の体をせっせと拭いていた儀三郎が、岩龍の鼻面を叩いて言った。

「お頭、沢へは自分が下ります。こいつに乗って行けばたいして時間はかかりませんから」

「いや、馬は無理だ、儀三郎、えらい急斜面だぞ」

「自分なら大丈夫です。この岩龍はまだ二歳馬で、自分は二十歳でしょう、足しても二十二だ。四十過ぎの老馬には、危なっかしくて任せられませんや」

儀三郎の言う意味に半蔵が気づくまで、少し間があった。

「何だと、若僧……」

半蔵が言った時は、当の小面憎《こづらにく》い相手は、敏捷にヒラリと岩龍号に跨がっていた。

皆が呆気にとられて見守る中、儀三郎は手綱を巧みに引きながら、急斜面を斜めに駈け下りて行く。クマに気をつけろ、の幸四郎の声は聞こえなかったろう。人馬はもうもうと土煙を上げて、灌木の茂みの彼方に消えて行った。


皆に倣ってようやく幸四郎も合羽を脱ぎ、濡れた体を手拭いで拭いた。その間に、彦次郎が火を熾して湯を沸かす。

干飯と干魚を湯漬けにして皆が食べ終えると、茶をいれた。かれのいれる茶は美味く、幸四郎は郁のことを思い出していた。

やがて儀三郎が、尾根を伝って騎馬で帰って来た。

「お頭、下流には、砂金掘りの跡が幾つも見つかりました。下の川は中二股川に間違いありません」

馬を下りるや、儀三郎は息を弾ませて報告した。

「ご苦労だった……」

幸四郎は、儀三郎に干飯と干魚の入った器を差し出し、自ら白湯を注いでやる。

「独眼、お前の見込み通りだったな。つまりこの川を下れば……」

幸四郎が言いかけると、白湯を呑んでいた半蔵が遮った。

「川を下れば知内川本流に出る。しかし、アイヌに見つかる確率も高くなるだ」

幸四郎は頷き、これからの作戦を説明した。

支倉隊は川を下って知内川には出ずに、彦次郎が知っているというケモノ道を抜けて、夕刻前に中千軒岳の尾根に辿り着く。

そこから、久留津の根城とされる知内川上流まで、一気に急峻な沢を下ることになる。

アイヌの老人の話が本当であれば、久留津は今夜から明日にかけて付近の小屋に現れ、二、三日は逗留するというのだ。

五人は再び隊列を組んで、尾根伝いに北に向かった。

道を間違えた彦次郎がまた斥候をつとめ、儀三郎は荷を積んだ馬を引き、半蔵はいつでも撃てる状態の銃を腰溜めにしている。

陽は頭上高く昇り、どこかでパチパチ……という音が聞こえた。

鉄砲の音にしては軽く、花火を上げる音だろうということになった。今夜のために、何か祭りでもあるのかなと幸四郎は思い、先を行く巴に訊いた。

「ご、ぜ、新月の夜は、コタンで祭りでもあるのか」

「さあ、そんなものはないと思う」

いとも素っ気なく巴は答える。

その時、先を進んでいた彦次郎が戻って来て、馬はこの辺で返した方がいいと言った。

「え？　荷はどうするのだ」

馬を引いていた儀三郎は、不本意そうな顔をした。

「皆で手分けして背負うしかない。この先からは道が狭くなり、歩き難くなります。それにこの先の前千軒は、クマが多いんで有名ですから」

「物騒だな、馬は大丈夫か」

「まだ大丈夫、よく言い聞かせてやれば？」

するとと儀三郎は大真面目に、馬に話しかける。お前……ここがどの辺りか分かっているか、クマにやられるでないぞ……。

「荷を下しましょう」

彦次郎が促すと、儀三郎は頷いた。

皆で荷を下し、馬が身軽になると、儀三郎は尻を叩いた。

「岩龍、さらばだ、また会いに行くからな！」

馬は鬣《たてがみ》を振って一声嘶《いなな》くや、心得たように走り出した。

その後ろ姿が山中に消えるまで、皆は名残り惜しげに見守った。

道は下りになっていて、その先に、薄暗いブナ林の入り口が見えている。そこからは細いケモノ道が曲がりくねって続いていた。ドングリが道に堆積するほど落ちるため、通称ドングリ道とよばれているという。

荷物を背負った一行は、ドングリの木と木の間を埋める一面の笹藪を、藪漕《やぶこ》ぎに近い状態で進んだ。

その途中から、幸四郎は何かしら、背筋がぞくぞくしてきた。誰かに見られているような気がするのだった。木下闇《このしたやみ》に、人の目が光っているような、妙な殺気を感じる。

気のせいだと思い直す。あまりに暗いからそう感じるのだ、と。

パシッ、と乾いた音が耳元に響いたのは、そんな時だった。パシパシパシ……とその音はさらに続いた。

「矢だ、伏せろ！」

半蔵のしゃがれ声が響いた。

だがかれ自身は伏せずに、銃を構えて横跳びに飛んだ。

その大柄な体には考えられない敏捷さだった。矢が射掛けられたとおぼしき左側の笹藪に踏み込むや、かれは間髪を入れぬ素早さで、一発撃ち込んだのである。

ズドン……と、その音は驚くほど大きく響き渡った。

鈍い射撃音は、静かな森の空気を震わせ、遠い渓谷にこだました。鳥がバタバタと飛び立ち、音の余韻が消えた後は妙にシンと静まり返った。しばらくその場に伏せて様子を見ていた一行は、こわごわと起き上がる。

数本の矢がそばの大木の幹に刺さって、まだ小さく揺れていた。

先を行く彦次郎と、二番手の儀三郎の間が、かなり開いている。矢はその間を縫って左から束になって飛んで来て、ドングリの木の幹に刺さったのである。

「これがアマッポってやつですか」

矢を抜きながら、儀三郎が言った。

「いや、アマッポは自動で飛んでくる」

幸四郎が少し掠れ声で言った。先ほどの総毛立つような衝撃で、全身がまだざわざわしていた。

「それに仕掛け弓であれば、先頭の彦次がやられるはずだ。それ、矢にはトリカブトが塗られていないだろう」

矢尻をためつすがめつしながら、幸四郎は言った。

そこへ、辺りを調べ回っていた半蔵が、荒い息を吐きながらガサガサと戻ってきた。

「くそッ、まんまと逃げられただ」

「アイヌか」

「二人いた。えらくすばしこいやつらだ」

皆は、足が竦んで暗いドングリ林に立ち往生してしまった。この林を出ると、再び襲撃されないとも限らない。

「大丈夫だ、敵は試してきただけだ」

幸四郎が、思わず励ますように言った。毒矢ではなかったし、敵は、五人を殺そうと思えば殺せたのである。松前隊は、それで全滅したではないか。

「このまま進め」

その時、先に進んでいた彦次郎が、異変に気づいて真っ青になって戻ってきた。

「だ、大丈夫ッすか！」

「見た通りだ、待ち伏せされて襲われた。これはどういうことだ、われらの正体が知れたのか？」

「これは……」

彦次郎は木の幹に突き立った矢を眺め、声を震わせた。

「しかし連中に殺す気があったら、こんな矢の射かたはしないでしょう。これは警告です」

「何でわしらが警告を受けるだか？」

半蔵がすかさず問う。

「松前藩かどうか、判断に迷っているのではないですか」

儀三郎が答えた。

「松前藩と分かれば本気で射るでしょう。正体が分からず、まだ半信半疑じゃないのかな」

「しかしわしらの侵入を、どうして知っただ？」

「あの……も、もしかしたら自分のせいじゃないすか」

と彦次郎が震え声で名乗り出た。

「途中で、幾つかアマッポを潰してきてるから、誰かが山に入ったのは知られてるはずです。弓が仕掛けられていたのは、金掘り人の入り込むような場所ではないから、怪しまれたかも……」

（しかし……）。

幸四郎は、疑心暗鬼に駆られた。

この山には多くの猟師が入っていよう。アマッポを見つけると、当然迂回するか、何らかの方法で潰すだろう。だから仕掛けを潰したぐらいで、警告するようなことはないはずだ。

やはり自分らの化けの皮は剝がれており、その動きはすでにお見通しではないのか。そんな不安に駆られた。

先ほど感じた視線は、気のせいではなかった。連中は自分らを待ち伏せしており、一人一人の顔を闇の中から透かし見ていたのだ。そう考えると、恐怖がじわじわこみ上げてくる。

列のしんがりを進みながら、かれは何度も背後を振り返った。

十一

北に向かって伸びる娥娥《がが》たる連山の中に、とんがり帽子のように鋭くとがった前千軒岳の山容がようやく見えて来た。八つ（午後二時）頃である。空はまた灰色に曇り始め、雲がせわしなく動いていた。

そこから少し進んだ辺りで、彦次郎の弾んだ声がした。

「ほら、あの向こうに大千軒岳が見えてます。もう少しですよ」

皆は足を止めた。

手前に鋭い前千軒岳。その先になだらかな中千軒岳。その先に突き出しているまだ山頂に白く雪を頂いたゆるやかな三角形の山が、大千軒岳という。

思ったよりゆったりしたその姿に、幸四郎は見とれた。

これがかの〝金の山〟であるかと。

そこにまつわる黄金伝説は、人間のむき出しの欲望を誘って、聖なる山を踏み躙《にじ》ってきた。また呵責《かしゃく》ない政治の力が、そこに働く百余名のキリシタンの命を奪い、山を血に染めたこともある。

だがそれから流れた二百年以上もの時に洗われ、山は原始の威厳を取り戻していた。

斜面にはまだ雪が残っていたが、そんな雪渓からさほど離れていない斜面に、アツモリソウやエンレイソウなどの高山植物が、可憐な蕾を覗かせている。もう少したてば、この辺りは色とりどりに花が咲き乱れ、美しい花畑になるだろう。

だが幸四郎は、ふと身震いを覚えた。再びこの山で血が流れ、人の命が呑まれるかもしれぬと……。

「あっ、クマの糞だ！」

彦次郎の突然の声に、我に返った。

「クマの糞があります、まだ新しいッすよ」

かれは興奮したように叫びながら、辺りを見回している。

なるほど、草の上にこんもりと盛り上がっているそれは、まだあまり時間がたっていないように見える。

「足跡もあるだ、でけえやつだな」

半蔵は空気の匂いを嗅ぎながら低く言い、クマの気配を感じ取ったように銃を引き寄せた。

「中千軒には、真っ黒で小山みてえな、ヌシのような人喰いクマがおるだ。もしかしたらそれかもしれん。まだ近くにおるようだ」

「早くクマ鈴を鳴らせ」

「いや、お頭、風は向こうから吹いてるだで、心配ねえ。クマのやつ、風上にいるから気づかねえだ。それにこれだけの人数でここに固まっていりゃ、襲っては来ねえだろ。したたかな奴だから、日没までは動くめえよ」

「それで安心しました。自分はこれからこの山腹を攀じ登って、一足先に、道を下見してきます……」

彦次郎が目の前を指さした。

それはミヤマハンノキ、ミヤマカエデ、ダケカンバなどの高山の灌木がしがみつくように茂る傾斜地で、所々に大きな岩石が露出していた。この急斜面を越えると下りになって、中千軒岳の肩に続いていくという。

「すぐ戻りますから、ここを動かないで……」

言いかけて、ふと調子が急に変わった。

「……な、何ごとですか、どうしたんですか？」

クマの姿を探して、逆の森の方を見ていた幸四郎は、異変に気づいて振り向いた。

とたんに顔から血が引いた。

半蔵が、銃口を彦次郎に突きつけているではないか。

「どうした、独眼、気でも狂ったか？」

「いや、心配するでねえお頭、わしは正気だ」

半蔵はしゃがれ声で言い、銃で彦次郎を小突いた。

「わしは正気だが、この飯炊きはどうだか」

「どういうことですか」

「お前が裏切ったんでねえか、そうしか思えねえだ」

「なんだって？」

幸四郎は声を上げた。聞き違いかと思い、他の者の表情をも窺った。半蔵の口から漏れた言葉は、儀三郎と巴の耳をも弾丸さながらに撃ったようだ。二人は凍りついて言葉を発せず、能面のような顔で半蔵を見ている。

「自分が何を言ってるか、分かってるのか」

幸四郎は言った。それを半蔵は平然と無視して、再び彦次郎を小突いた。

「飯炊き、そこにしゃがめや。てめえ、これからどこさ行く気だ？」

「だから言ったじゃないすか、下見ですよ、下見……。藪から棒に何を言い出すんだか……」

「いんや、てめえは通報しに行くだ。さっきの待ち伏せも、てめえの仕組んだことだべな？　でなけりゃ、あんな所で敵が待ち伏せしてるはずがねえ。連中が待っている所へ、われわれを導いたんだ。その証拠に、やつらはお前を通してから撃ってきた。さっきからどうも変だ変だと思っておったが、やっと分かった」

「何の話ですか」

彦次郎は厚みのある頬を、歪めた。

「お頭、何とかしてくださいよ……」

「ほざくな！　霧の中で迷ったと見せかけ、桧倉岳さ、わざと導いたんでねえのか。わざとわしらを迷わせて、時間稼ぎをしたんだ。さっきから花火が鳴っていただろう、あれが連中の合図だってことぐれえ、知らねえ独眼と思うか」

幸四郎は絶句し、棒のように突っ立っていた。震えが来そうなほど恐ろしかった。

半蔵の言うことが、いちいち腑に落ちたからだ。先ほどからずっと考え続けていたことに、半蔵が妥当な答えを出したのだ。

その答えが正しいと分かった瞬間、半蔵は容赦せずに撃つだろう。それは誰も止められない。

千愚斎の倅で、郁の兄である男を、幸四郎は頭から信じていた。だから半蔵と同じように考えながら、同じ答を導き出せなかった。だが半蔵の示した疑惑は、恐ろしいほど正鵠《せいこく》を射ていた。

「彦次、どういうことか説明しろ」

幸四郎はつとめて穏やかに言った。

「お前が裏切ったなど、私はつゆほども疑っておらぬ。だが先ほどの待ち伏せは何だったのか、なぜわれわれは警告を受けたのか、納得いく説明がほしい。それは皆も同じだろう」

「お頭、待ってくださいよ。独眼はとんでもない誤解をしている！」

彦次郎は声を上げた。

「連中はどこかでわれわれに気づき、後を尾けてきた。それだけのことじゃないですか。幾ら格好だけは金掘りらしくても、金の出そうもない山稜を歩いていちゃ、敵も怪しみますよ。そもそも、この彦次郎が、何のために裏切るんですか」

「てめえは、コタンに親しいアイヌがいると言ってたな。ほうき星のことも知っていて、尊敬しとったんでねえのか。昨夜はまた、あの兄弟から聞いて、やつを殺すのが嫌になった。だから少しでもわしらの到着を遅らせ、ほうき星に逃げてくれるよう合図を送った。どうだ、お見通しでねえか？」

言って、半蔵は改めて彦次郎に銃を向けた。

「お前の炊いた飯は絶品だっただ、だがわしは裏切り者は許さねえ。それが掟というものだ」

「待て、独眼、早まるな！」

制止したのは儀三郎だった。

「あのドングリ林で待ち伏せされたからって、彦次が進路を知らせたとは限らんでしょう。隊のことは、あの桑原兄弟さえすでに察知していたんですよ。地元のアイヌに伝わっていないはずはない。ただ、われらは松前隊のような武装集団ではないから、何者なのか、判定できなかったんじゃないか。よもや奉行所の支倉隊とは、気づいちゃいませんよ」

「…………」

半蔵は黙って聞いていた。

「彦次、前千軒に向かうケモノ道は、あのドングリ道の他にあるのかな？」

儀三郎は、彦次郎の顔を覗き込むように問う。

「はい、あるにはあるけど、ドングリ道が一番の近道です」

「そうそう、おれもそれを言おうと思ってた」

とそれまで黙って聞いていた巴が、口を挟んだ。

「あの道は、おれも通った覚えがあるよく知られた道だ。アイヌなら、彦次から通報されなくたって、おれらがあそこを通ることぐらい予想できたはずだ」

「その通りだ。独眼、銃を下ろせ。われらの正体が不明なんで、連中はかまをかけてきたのだ。松前藩の討伐隊や金掘りの連中なら、これで真っ青になって引き返すだろうと……」

幸四郎がそうだめ押しをした。

それまで充血した目をじっと彦次郎に注いでいた半蔵は、銃を下ろした。

「飯炊き、運が良かったな」

「……………」

彦次郎は涙ぐんでいた。

「よし、これで誤解は解けた。恨みっこなしだぞ」

幸四郎がきっぱりと言った。

「われらはむしろ、この警告を喜ぶべきだ。ほうき星が大千軒にいることが、これで確かめられたのだ」

この指摘に、皆は初めてそのことに気づいて頷き合った。

「それにわれらの正体も、まだばれておらぬらしい。彦次、もう下見はいいから、皆で一気に、この斜面を越えてしまおう。ここはクマが出そうで、どうにも気色悪い」

そこで彦次郎が号令をかけ、皆はてんでに傾斜地にとりつき、ジグザグに登り始めた。

「……さっきは助かった」

幸四郎は、岩に手をかけて進んでいる儀三郎に近づき、囁くように声をかける。儀三郎は振り向いて、清潔な笑みを見せた。

「おぬしの掩護《えんご》がなければ、独眼は撃ってたかもしれん」

「いや。あの疑いももっともでして……」

「どうも、山は、妄想をかきたてる所らしいな」

「……難しい戦になりそうですね」

無言で頷き、幸四郎は思った。

(あの男の影が、立ちはだかっている)

〝殺すには惜しい男〟の影が、皆の心を捉えている。誰もが心のどこかで、この任務に迷いを感じているのではないか。そんな己れの影に怯えて、自分は大丈夫だがきっと誰かがいつか裏切るのではないか……と恐れているのである。

幸四郎自身、ずっと自問自答の中にいた。

ほうき星はアイヌの味方になったのであって、幕府の敵になったわけではない。なのにかれを討てと命じた小出奉行は、冷徹に過ぎはしないか。

ほうき星はまだ反幕の拠点を作ってはいないし、ロシアの南下を助けてもいない。なのに〝放逐〟ではなく〝始末〟を命じる奉行もまた、かれの影に怯えているのではないか。

悪夢の予感が、幸四郎の胸を鋭くよぎった。

（そうだ儀三郎……難しい戦になりそうだ）

十二

雲が低く垂れ込め、新月が見られそうもない天候だったが、昼を過ぎるとまた青空が覗き始めている。

中千軒岳の尾根に入ってすぐ涌水《わきみず》を見つけ、この水場近くで休憩を取ることになった。半蔵が辺りを探し回って、チシマザサに囲まれた格好な岩場を見つけた。そこには自然に穿《うが》たれた小さな洞窟もあった。

「よし、ここで最後の休憩を取ろう。しばし英気を養い、陽が落ちる前に一気に山を下る」

幸四郎が宣言すると、皆は何かを察したように水場で口を漱《すす》ぎ、顔や手足の汚れを洗い落とした。身だしなみのいい儀三郎にならって、幸四郎も初めて髭をあたった。

その間、彦次郎は洞窟前の岩場で焚き火をし、湯を沸かして、干飯と干肉の湯漬けを用意した。

「食べながら聞け。これからの行動について説明する」

幸四郎は言った。

「われらはこの後、近くの切戸ノ沢《きれっとのさわ》から尾根を下る」

「切戸ノ沢だと？」

半蔵が声を上げた。

「ありゃ、知内川でも有名な難所だぞ」

それは知内川の源流であり、険しい岩場が両岸にそそり立っている。下までは、箱館山のおよそ一・五倍の距離があった。

「難所だから下るのだ」

幸四郎は言った。

「この尾根をまっすぐ進めば大千軒岳だ。途中の〝中千軒岳の肩〟を右に下れば、知内川上流に出る。だがそれは敵に予想されやすい道であるからして、取らないことにする」

「了解だ」

あっさり半蔵は言った。

「直線で一気に岩場を下れば、そうだな、半刻ぐらいで下りれるべな」

「もっとも事故がなければだが……」

幸四郎はさらに次のように説明した。

沢を下りきると、ゴロゴロと大きな石の転がる広い河原に出る。対岸から流れてくる〝燈明の沢〟と合流する地点である。

報告書によれば——。

その岸は二方を乱石積《らんせきづみ》で仕上げた平地が、三段になっていて、ここがかつての砂金採掘の中心地だったという。近くに御番所跡と呼ばれる金山番所跡があり、この辺りこそが、有名なキリシタン殉教の地でもあった。

「敵の本拠地もこの地域である。ほうき星を慕ってここまでやって来る崇拝者は、この河原で焚き火を囲み、酒を酌み交わして語り明かすという。われらは、まだ明るいうちに沢伝いに下りて、知内川の上流に留まり、斥候の報告を聞く」

「その斥候、ぜひ彦次郎に、お申しつけ頂きたい」

さっそく彦次郎が申し出た。

「ふむ……だが危険だぞ。本拠地の周囲には、アマッポが仕掛けられている可能性がある」

「もとより承知の上です」

「連中はすでに、われら五人の潜入は承知している。まだ敵かどうか決めかねているようだが、もしも敵と判断したら、必ず必殺の罠を仕掛けるだろう。それを突破して敵陣に近づき、ほうき星の所在を確かめるのが第一だ。第二は、集まっている崇拝者のおよその人数と、大まかな地図を頭に入れてくることだ」

「承知しました」

「その時に備えて、今は休め」

幸四郎は洞窟の外に陣取った。

懐に短銃をしのばせ、刀を抱えて座り、日暮れまでまだ間のある中天の青い空をじっと眺めていた。木々の匂いのするひんやりした風が、心地よく肌をなぶる。

またあの兄弟のことが脳裏に浮かんでいた。別れたのは今朝だったのに、夢の中のことのようにも思われた。

あの兄弟に出会わなければ、この任務にさして疑いを抱くこともなかったかもしれぬ。まるで天啓のように、二人は幸四郎の前に現れ、真相を吐露《とろ》して去ったのである。

……そんなことをつらつら考えるうち、居眠りをしたようだ。

ふと人の気配に目覚めて、ギョッとした。

少し離れた岩の向こうに、誰かいる。儀三郎と、巴ではないか。二人は縺《もつ》れ合っている。〝女は魔性〟の言葉が脳裏に点滅し、眠気も吹き飛んだ。幸四郎は険しい顔で立ち上がった。

「そこの二人、何をしている!」

二人はハッとして、こちらを見た。

「お頭、せっかくの昼寝の邪魔をしてすみません」

すぐに誤解に気づいたらしく、儀三郎が慌てて言った。

「こいつ、また逃げようと……」

「違うって言っただろう。こんなクマだらけの山を、一人で逃げたりするもんか!」

巴が金切り声で叫ぶ。

「おれはそれほど馬鹿じゃない」

「馬鹿じゃないなら、なぜ、この坂道をふらふら下っていた」

「この辺を歩いてみたかっただけだ」

「お山のてっぺんでお散歩か? 一足先に沢を伝って、敵陣に駆け込もうって魂胆じゃなかったのか。二度あることは三度ある。お頭、面倒が起こらぬうち、こいつを何とかした方がいいですよ」

「儀三郎の申す通りだ」

頷いて幸四郎が言った。

「時と場合を考えろ。納得いく申し開きがなければ、われらと共に沢を下るわけにはゆかぬぞ」

「お花畑があって、清水の涌く所……そんな所を、もう一度歩いてみたかっただけだ」

「へっ、お前、いつからそんな風流なお姫様になった」

と儀三郎。

「おれは、そんな所に捨てられてたんだ」

言って、巴はその場にしゃがみ込み顔を覆った。

とぎれとぎれに言うには、巴は十数年前、この山中の清水の涌く所で、無心に花を摘んで遊んでいて、アイヌの老人に保護されたというのだ。

一人かね、と老人に訊かれて首を振り、森の方を指さした。母様があそこへ木の実を探しに行った、とにこにこして答えたらしい。

老人は不審に思って近くを探し、木の枝に腰帯でぶら下がっている母親を発見したのだという。

「おれは、清らかな湧水とお花畑はよく覚えてるのに、母様のことは何も記憶になかった……。ところが一昨日、あの岩龍寺辺りでブナ林の匂いを嗅いだら、急に思い出した。母様が、ここを動くんじゃないよ、と耳元で囁いたんだ。それからこんなブナ林に入って行ったたって……」

「ふーん。泣かせるお話だ。しかし、作り話でない証拠はどこにもない」

皮肉っぽく、儀三郎が言う。

巴は無視して続けた。

「さっきもあの涌水を見て、懐かしくてたまらなくなった。こんな所だったたって……。それだけのことだ」

幸四郎は小出奉行の反対を思い出し、胸の痛む思いで聞いていた。こんな男の子のような規格外の女でも、女は女、人並みに母を恋うる感情に流されたのだと。

「分からぬでもない話だがな。ただ任務中、許可なしに歩き回れば、戦線離脱ということになる」

「斬るなら斬れ、おれは構わない」

涙顔を上げて、巴は捨て鉢に言った。

「ただ、おれはほうき星の顔も、宿所も知ってるぞ」

「何だって？」

儀三郎が眉を吊り上げた。

「チッ、なぜそれを先に言わない、この馬鹿娘が！」

「ごぜ、お前はやはりほうき星の……」

幸四郎が言いかけると、巴は細い目を怒らせ、最後まで言わせなかった。

「違う。あんた、ほんとに頭固いな。いいか、ほうき星は女嫌いだったんだ」

「………」

幸四郎はグッと詰まった。女癖が悪いという情報を、鵜呑みにしていたのである。

「女の噂なんか全くなかったよ。奥方が実家に帰ったのは、ほうき星が帰したからだ。ただおれはあの人が好きだった。二番めの嫁にしてくれと頼んだこともある……。だけど相手にもされなかった」

「ふーむ」

思いもよらぬ告白に、幸四郎は唸った。

「そうであれば、なぜこの隊に加わった。やはり裏切るつもりで加わった、と言われても仕方ないではないか？」

「違う！」

巴は激しく首を振った。

「あの頃はまだ子どもだったんだ。どうしてあんな気になったか分からない。今はもうすっかり忘れてたよ」

幸四郎は口を噤んだ。自分には女の心理はよく分からない……。

「じゃあ何故、この隊に加わった?」

今度は儀三郎が畳み掛ける。いつの間か彦次郎もそばで聞いており、半蔵だけが、洞窟の中で大鼾をかいていた。

「理由なんて簡単だ、ただ牢屋から出たい一心だった」

「ほうき星が死ぬのを見てもいいのか」

儀三郎が言う。

「見たい、と思ってる」

「ほうき星の宿所を知っているのはなぜだ?」

幸四郎が問うた。

「噂で聞いた。ほうき星がいるのは〝六角堂〟というお堂だ。自分で籠るために作らせた六角形のお堂らしい」

「入ったことは?」

「それはないが、金山番所跡の近くにあると……」

「ふーむ」

幸四郎は唸り続けだった。

「その六角堂は、毘沙門《びしゃもん》でも祀《まつ》っているのか」

「知らん。誰も入ったことがない。月に一度ここに籠って、大千軒の霊気を吸い、月や星のことを考えるそうだ。お頭、おれを斥候として行かせてくれれば、場所を突き止めてくる」

巴の細いが黒目がちの目が、見返してきた。この女は切り札になる、と幸四郎を思わせたあの目だ。

幸四郎は少し考えて答えた。

「それは、現場を見てから決めよう」

十三

切戸ノ沢は、あちこちに小滝の流れる、ほとんど垂直に切り立った岩場だった。見えない滝の音で場所が分かる、とアイヌの老人は言ったが、どこに滝があるか見えないのに、あちらこちらから滝の音が響いていた。

この岩場を綱を伝いながら何とか下りると、傾斜は少しゆるやかになる。

傾斜地には岩や石ころが堆積し、その合間に雪が白々と残っていた。一行は、柄《え》の長い手斧やカナテコを杖代わりに雪に突き刺し、岩に掴まりながら、滑り落ちるように下った。

儀三郎が見せかけの雪渓を踏み抜き、洞穴に落ちる事故があったものの、ほぼ予定通りに下まで到達した。

日没前で、まだ夕闇は薄かったが、対岸のやや下流の木立の向こうから、赤い炎が薄闇に浮かび上がって見えている。

ほうき星に会うため、新月の夜に集まったアイヌの若者達のかがり火だろう。

この辺りは、半島を東に流れ下ってはるか津軽海峡に注ぐ知内川の、始まりの地点である。両側の山間を流れ伝ってきた切戸ノ沢、燈明ノ沢、千軒沢など幾つかの小沢が、ここで合流して知内川を形成していくのだ。

河原には、山が崩れてきたような岩がゴロゴロ転がっており、浅瀬には瀬音が高く響き、いかにも創世の地らしい荒々しさ単純さに満ちていた。

(ついにここまで来た)

幸四郎は一瞬そんな感慨を抱いたが、いかん、と気を引き締める。戦いはこれからだ。相手の動きはまるで摑めないまま、戦闘は始まろうとしているのだ。静かにこちらの動静を窺っているであろうほうき星と、朗報を待つ小出奉行の顔が重なって、瞼にちらついた。自分の力量がどこまでのものか、奉行は確かめようとしているに違いない。

ゆらめきながら夕闇を焦がしている焚き火は、ここからやや下流である。幸四郎は瀬を渡らずに、対岸の焚き火を目印に、手前の高巻き（迂回路）を流れに沿って少し下った。

川が大きく蛇行している窪み——ちょうど焚き火をしている河原の対岸の小高い崖が、大きな岩と灌木の茂みに囲われて、格好の砦になっていた。

バサバサと、頭上をコウモリが飛び交っている。

ここから見下ろすと、対岸の河原がよく見渡せた。

ただし若者らの宿営地は岸辺より一段高い所にあり、焚き火やそれを囲む者らの姿は、灌木の茂みに隠されてよく見えない。

かれらが立ったり座ったりするたび、上半身が火影に照らされて赤黒く見えた。

幸四郎はここを砦と決め、彦次郎と巴の二人に、斥候を命じた。

闇はまだおりきってはおらず、昼の光がまだたゆたう中で、何か呪文めいた唱和の声が聞こえ始めた。

それが終わると、ビーンビーンと鋭く闇を震わせて、不思議な音が響いてきた。

「何ですか、これは……」

と儀三郎。

「ムックリを知らねえか」

と半蔵があざ笑う。

「ムックリ？」

それは木で作られたアイヌの口琴で、口にくわえ、その端を指で弾いて音を出す。女性が吹くことが多いが、時には男性も吹く。

若者らが焚き火の周囲でそれに聞き惚れている間に、斥候二人は対岸に渡り、背後から傾斜地を回り込んで近づいているはずだ。

残った三人は岩影にしゃがみ、しばしムックリの音を聞いていた。

川の流れる音を通底音に、夕刻の静寂を破って流れてくるそのどこか物悲しげな音色は、何かしら胸をかきむしるものがあった。

女性が吹くものという先入観のせいか、その単調でうねるような音は、妙に情感をそそった。

ここから射撃する予定は今はないが、ミニエー銃の弾丸のゆうに届く距離である。万一の場合を考えて、儀三郎は敵を狙えそうな位置を探し、這って場所を移動していた。

半蔵は岩にもたれ、薄明の中、銃の手入れに余念がなかった。かれは、いつも銃を手にしていたし、弓を背負い矢筒は腰に下げている。

幸四郎は暗い岩陰にしゃがんで、かがり火の炎に照らされた対岸をじっと見守りつつ、攻略法を考えていた。

ムックリの音も止み、静かな瀬音に混じって、酒を酌み交わしながら何やら座談するざわめきが聞こえ始める。

ここからは見えないが、賑やかな笑いさざめきの中心にはほうき星がいるのは、間違いない。

この深い山と溪谷の織りなす風景のすべてが、ほうき星を中心に、美しい均衡を保っているように思われた。あの〝星〟が中心にいるから、山は山であり川は川であるような……。

まだ見ぬその顔や、ゆったり話すというその声や口調を想像すると、胸が騒いだ。自分があの焚き火を囲む若者の中にいないのが残念なような、心のどこかで自分を裏切っている自分に、苦笑を覚えざるを得ない。もしかしたら今の自分は、枠の中の小出よりも、飛び出してしまったほうき星の方に心惹かれているかもしれない、とも思う。

剣の達人と聞くが、その腕は果たしていかほどのものか。自分と刀を交える姿はひどく端正であろうと思われ、まるで御前試合ででもあるかのようにその一挙手一投足まで想像されて、不思議に楽しい気分に浸った。

そんな時だった。

すぐ身近な所で、ウッと呻くような何やら声にならぬ空気の揺れを感じた。とっさに右手で懐のS&W32口径に触れ、左手で刀の鯉口《こいぐち》を切りつつ、右側に首をねじ向けた。

周囲の薄闇を吸って黒く膨れ上がった小山が、少し下ったチシマザサの茂みから、ぬっと盛り上がったように見えた。

クマだ！

一瞬にして体が凍りつき、肝が収縮した。

クマのすぐ前に、儀三郎がうつぶせに寝そべっている。銃を岩場に乗せ、具合のいい場所を定めていたのだが、すでにかれはクマに気づいていて、半ば振り向いたまま硬直していた。

銃を手にしているから、はたから見れば瞬時に体を回転させて、正面から狙えそうに見える。だが想像し得る数々の危険が、かれの動きをがんじがらめに封じていた。

第一にクマは近すぎた。

クマの位置は寝そべった足もとであり、瞬時に体を回転させたとしても、その間に飛びかかって来よう。均衡を崩した状態で撃って弾丸が急所を外れれば、手負いのクマは逆上し、荒れ狂って襲いかかるだろう。

それでも儀三郎なら、撃って撃てないことはなかった。

しかし撃たなかったのは、銃声を憚《はばか》ったからだ。いま銃を撃っては、隊の潜入を対岸の連中に気づかせてしまうことになる。

一瞬にしてすべてを察した幸四郎は、とっさに半蔵の姿を探した。いや探すまでもなく、半蔵はすぐ横で銃を構えながら、匍匐《ほふく》前進しつつあった。

その動きに気づいた儀三郎は、低く叫んだ。

「撃つな、独眼、矢を使え！」

半蔵は、答えない。

矢では致命傷には至らない。一矢を受けたクマは、二矢三矢と射る間に、猛りたってすぐ目前の儀三郎を襲う恐れがあったのだ。

「撃ってはならん」

儀三郎は繰り返す。

「おれはいい、撃つな」

「…………」

半蔵は無言で銃を頬に当て、距離を計りながら躙り寄っていく。可能な限りの至近距離から、一発で仕留めるつもりだろう。その覚悟が見て取れた。

銃声はやむを得ないが、一発だ……と腹を据えた半蔵の姿に、幸四郎も覚悟を決めた。

この一発は、ほうき星への早すぎる宣戦布告になるだろう。だが儀三郎を失うわけにはいかなかった。

半蔵はぎりぎりまでクマの懐に迫って動きを止め、やおら片膝立ちで銃を構えるや、チッチッと舌を鳴らしてクマを自分に向かせた。

クマは儀三郎に向かっていたが、ふとこちらに顔を向けた。

その瞬間、轟音が炸裂した。

一瞬、耳がまひするような凄まじい金属音だった。それは溪谷の空気を揺るがせ、四方の山々にこだまし、周辺の樹木を揺らし、小鳥をねぐらから飛び立たせた。

真っ黒な岩石のような巨体が、三尺ほども地上から跳ね上がるのを、幸四郎は初めて目《ま》のあたりにした。

巨体はどさりと音をたてて落下し、恐ろしい呻き声を発した。

火縄銃は重くて、使いにくく、前時代の遺物とまで言われる代物《しろもの》である。だが至近距離から撃った時の威力は、鎧《よろい》をも貫通する強烈さと喧伝されていた。急所さえ外さなければ、巨大なヒグマでも一発で倒せるという〝伝説〟を、半蔵は証明してみせたのである。

銃弾は眉間《みけん》に命中していた。

クマはハリネズミのように毛を逆立て、毛先を夕闇に震わせながら、全力を振り絞って起き上がろうとした。

が、渾身の力で雄々しく立ち上がった時、その口から泡立つ血が噴出し、全身から白い湯気があがり、断末魔の唸り声を上げてクマは尻餅をついたのだった。

間髪《かんぱつ》入れずに半蔵が駆け寄って、矢をつがえて膝をついた。

儀三郎もまた這うようにして近づき、銃口を向けた。

だがもはやクマには、反撃の力は残っていなかった。

横たわって低く呻き続けるばかりで、すでに動く力はなく、王者の覇気《はき》は失われていた。静かに流れ続ける自らの血に身を浸し、微かに痙攣しながら、最期の呼吸をしていた。

「見事……」

思わずそんな言葉が幸四郎の口から漏れた。まるで自分が一戦終えたように感じ、ようやく刀から手を放した。

全身の力が抜けると、止まっていた瀬音が甦り、その音が逆に周囲の深い静けさを感じさせた。

無言のまま立ち上がった半蔵の顔は、一瞬の凄まじい集中でまだ鬼のように強ばり、頬がげっそりとこけているのが、闇の中でも窺えた。

「独眼、すまない……」

儀三郎は短く言い、ドタリと仰向けになった。こみ上げるものがあったのか、それ以上何も言わずに空を見ていた。半蔵に涙顔を見られたくなかったのだ。

幸四郎はじんわりとこみ上げてくる安堵感に浸っていたが、突然、はっと、辺りの静寂が気になった。

「気をゆるめるな、敵だ！」

言い終わらぬうちに、パシパシパシ……と鋭い音が響いた。対岸から一斉に矢が飛んで来て、背後の灌木に突き刺さった。

「伏せろ！」

皆は地面に這いつくばってじっとしていたが、矢は雨アラレと降り注ぎ、なかなか止まない。

敵勢は三十人くらいか、と幸四郎は読んだが、斥候が戻るまで反撃を禁じた。

十四

矢の襲来が止んだ時、背後でガサガサと音がした。

斥候の二人が戻ったかと幸四郎は振り向いて、またもや総毛立った。笹藪から這い出てきたのは、彦次郎でも巴でもなかったのだ。

山中では、いささか珍しい風体《ふうてい》の男である。

頭に古風な兜《かぶと》、胴に古めかしい具足をつけ、手には鉄砲と、足元を照らす龕灯《がんどう》を持っている。どうやら、夜目のきく猟師ではなさそうだ。

「何者だ？」

幸四郎は向き直り、刀に手をかけた。

その声に、儀三郎と半蔵が電光石火に跳ね起きて、男を取り囲んで銃口を突きつける。

「いや、待て待て待て、敵ではござらぬ、しばし待たれよ！」

男は手を振り、低声《こごえ》で懸命に言いたてた。

「それがし、名は荒戸新兵衛《あらとしんべえ》、以前は松前藩士でござったが、わけあって藩を捨て申した。たまたま知内川を遡って来て、久留津一党との戦いを見た次第……、おぬしらを助太刀致したい」

この口上は、幸四郎を驚かせた。

このような深い山中で、いきなり助太刀を申し出る男とは、一体何者なのか？　うかつに信じるはずもなく、まずは敵の回し者と判断するのが常道だろう。

「何ゆえ、そのようなことを？」

「それがしの敵も久留津でござる」

「お言葉かたじけないが、あいにく助太刀は必要ござらぬ。ここは危険ゆえ、即刻立ち去られよ」

　幸四郎は言った。

「いや、わしはいつでも立ち去るが、こんな所でぐずぐずしておったら、挟み撃ちされるぞ」

「指図は受けぬ」

「久留津の作戦上手を知らぬとみえるな。おぬし、江戸者とお見受けしたがどうだ。松前藩の兵が滅ぼされたのは、久留津の作戦が勝っていたからだ。今、こうして一斉射撃した後は、連中の半分は川を渡って背後に回ってこよう」

「なぜそこまで知っている？」

「今、語る余裕はない」

「荒戸どの……と申されたか」

　暗い背後を見やりながら、幸四郎は言葉を継いだ。

「お言葉かたじけないが、故なき助太刀は受けられぬのだ」

「それは至極当然……ただこれを見られよ」

　やおらダラリと左腕をたらして見せた。幸四郎は息を呑み、相手の龕灯を奪い取ってその全身を照らした。

灯火に照らし出された荒戸は、前歯の突き出た醜男だったが、どこか一徹者という印象だった。その一徹さが災いして、このような所へ現れる羽目になったような……。かれはそんな自分を自嘲するかのように笑い、筒袖をぶらぶらゆすってみせている。その中身は空洞だった。

「この左腕は久留津に奪われた、傷が癒えるまで二年かかった。やつは狂人だ。わしは久留津に味方しようとコタンを訪ねたが、和人を一切信用できなくなっていたのだ。わしは復讐のため、新月の夜を狙って山に入った」

「お頭、それに偽りはないぞ」

突然、巴の声が割り込んだ。いつの間にか二人は戻ってきていて、幸四郎の背後で成り行きを見守っていたらしい。

「おれはこの人を知っている。久留津を訪ねてコタンに来た人だ、だけど追われて、消息が分からなくなった松前のお侍だ」

その言葉に荒戸は驚いたようだ。

「やっ、あの時、通訳してくれたあの和人の娘か？　わしもあんたを覚えておるぞ」

「なぜ新月の夜を狙った？」

幸四郎が問いかけた。

「今宵、久留津は六角堂に泊る。わしはこの辺りには何度か来ておるのだ」

「そうか……」

幸四郎は肩の力を抜いて頷いた。何はともあれ、有力な助っ人がほしい。

「では荒戸どの、道案内を頼めるか。我らはこの通り無勢で、この地にはまるで不案内だ」

「心得た」

「わたしは支倉だ」

幸四郎は短く、矢継ぎ早に言った。

「さて、急ぎここを撤退するが、彦次、中の様子はどうだったか？」

「はっ、数十人集まっているようで、警戒厳重で近寄れませんでした。要所要所に見張りが立っており、犬も放しています。自分は今しがた銃声を聞き、襲撃が始まったと思い引き返しました」

「今通ってきた道はどうか」

「この上流に敵の姿はなく、安全であるかと……」

「ご苦労だった、では上流に行こう」

「わしが道を知っておる、案内致そう」

荒戸が意気込んで申し出た。

「道、とはどこへ通じる道だ？」

半蔵が抜け目なく口を挟む。

「あの御番所跡の裏山には、アイヌだけが知る抜け道がござる。連中ははるか日本海側の江差や上之国から、この道を辿ってやって来る。久留津もアイヌの道を通るから、和人に見つからないのだ。遠回りになるが、ひとまずその道まで出て、背後の山から敵陣に迫ってはいかがであるか」

「なるほど。それはいい。われら、これから上流に向かう、急げ！」

幸四郎の号令で、皆は龕灯の灯りを頼りに先ほどの合流地点まで引き返し、黒々した岩が仁王のように立ちはだかる浅瀬を、対岸に渡った。

先頭を、荒戸と彦次郎とが前後して進んだ。

半蔵が弓矢を手にしてそれに続き、ガサッと音がするたび矢をつがえてそちらに向けた。

ぶ厚い闇の垂れ込める暗黒の山中、アイヌだけが知る、ほとんど道とも言えぬ道を行くのである。フクロウが鳴き、何かの虫がすだく原生林を下ると、石ころの沢だった。足を濡らしてこの沢を渡り、一面に生い茂る藪を漕ぎ、急坂を攀じ登った。

敵方に悟られるのを警戒して、クマ鈴を低く間遠《まどお》に鳴らすだけだったから、ガサリという音にも皆はハッと身構えた。

汗に濡れ、肝を冷やしつつ半刻も歩いた頃だったろうか。

ガサガサ……と行く手の闇に動物の動く気配がした。

前方を透かし見ると、遠い闇に、青く二つの目が光っている。怯んで立ち竦む二人の背後から、半蔵が乗り出した。

「エゾジカだ」

その声に安堵の声が複数漏れた。

「エゾジカは体高があり、でかいだ。蝦夷でも北の方に多く、この辺りには滅多に見かけんがな」

彦次郎が龕灯で前を照らすと、シカは逃げたらしく眩しい光の輪から姿を消した。

一行は再び歩き出して、何歩か進んだ時だった。

前の方でウッと、鈍い呻き声が上がって、どさりと倒れる音がした。どうやら彦次郎らしい。

「飯炊き、どうしただ！」

背後にいた半蔵が、飛びかかるように走り寄って、抱き起こす。

幸四郎も駆け寄った。草むらに転がった龕灯の灯りの中で、彦次郎が胸をかきむしっている。鎖帷子《くさりかたびら》を身につけた厚い胸板に、一本の矢が突き刺さって揺れていた。

「アマッポだ！」

荒戸が叫び、自分も狙われているごとくに身構え、闇を透し見た。

「すみません、目印を見落とした……」

彦次郎はあえぎながら、呟いた。

半蔵がその頰をピタピタと叩いた。

「飯炊き、しっかりするだ！　わしが気ィつけばよかっただ」

エゾジカは夜、水を呑みに水場へ寄ってくる。それを狙って、アマッポが仕掛けられることが多いのだった。

半蔵は、エゾジカを見た時、水場が近いことに気がつくべきだったと自分を責めていた。水場が近ければ、アマッポを警戒しただろうと。

エゾシカの場合は、クマよりやや高い位置に狙いを定めているため、これに人間がかかれば、胸板を射抜かれる。毒矢であっては助からない。

「彦次、死ぬな……！」

幸四郎は地べたにしゃがみ、取りすがった。こんなことがあってたまるか、なぜこのような前途有為な若者が、と胸がかきむしられた。これは何かの間違いだ、そうに決まっている。

彦次郎は一体、闇の奥にどんな幻を見たのだろう。

おそらく闇の中に光るシカの目を見て、この道を自分らより先に通って行った、と錯覚した可能性がある。実際には、シカは、沢の方からこちらに向かって来たのだ。

一行が通りかからなければ（あるいは一瞬こちらが遅ければ）、アマッポには、あのシカが射抜かれていたはずではなかったか。

一瞬の差で、シカの身代わりになったのだ。

そんなことが信じられるだろうか。

ここで彦次郎に死なれては、千愚斎と郁に面目がたたぬ。死なないでくれ……。

幸四郎は、突き刺さった矢をわし摑みにして抜き去った。家僕の磯六が持たしてくれた解毒の塗り薬を、塗り込みたかった。

だが彦次郎は絶叫してもがき苦しみ、気息延々《きそくえんえん》に言葉を吐いた。

「お、お頭……すまんです……先を急いでください。自分は……一休みして追いかけるから……」

「どうした、彦次。一緒に行くんだ、立て、立ってわれらを導くのだ、立ってくれ！」

幸四郎は取り乱し、われを忘れて叫んだ。

「お頭、後は……」

さらに何か低声で言ったようだが、かれはすでに見えない世界に向かっていて、もう幸四郎の耳には届かなかった。

彦次郎は息絶えた。

皆は呆然自失のまま、そばのブナの根本に遺体を埋めた。

一刻あまりで原生林を出た支倉隊は、荒戸を先頭に、黙々と沢を渡った。対岸に渡り切って、再び真っ黒に見える原生林の森に入る時、幸四郎は誰かに引き止められるような、ここを立ち去りがたい思いに引き止められて、振り返った。

「あっ、あれは……」

その叫びに、皆が足を止め振り返った。

沢のほとりの暗暗たる茂みから、無数の美しく光るものが群れるように飛び立ったのである。

螢……？

この季節に、少し早すぎはしないか。

だがそれはどう見ても螢であり、そんな皆の疑問をよそに、一塊りの群れをなして闇に乱舞している。

一行は言葉もなく、悲しみも忘れてしばし見とれた。

十五

雲が割れて、細い三日月が昇っていた。

一行は夜の山中をひたすら行軍し、大回りして、久留津の本拠地を背後から抱く山の中腹まで迫っていた。

その小高い頂きからは、篝火《かがりび》が赤く闇を焦《こ》がしている様がはるか下に見下ろせる。

多勢の人間がその回りで酒を酌み交わしている階段状の河原まで、ここから一走りだった。

アイヌの踏みならした道を使うのはここまでだ。

襲撃の時には、この道を外れ、灌木の茂る険しい斜面を伝って河原に下ることになるだろう。

遠眼鏡を覗いて見ると、広い河原は背後を杉やナラの林に囲まれていて、林に添うように古い粗末な猟師小屋が何軒か建っていた。

六角堂は林の中にあってここからは見えず、入った者はいないという。

宴会が一段落し、久留津が六角堂に引き揚げるまで、襲撃は待つことにして、ここで幸四郎は歩き疲れた皆を休憩させた。

ひとまず斥候を一人出すことにし、それには半蔵を命じた。

夜の山の霊気に感応し、あちこちで吠え声を上げているセタ（アイヌ犬）どもを、まず何とかしなければならぬ。

それについては嘉七から示唆を受けており、催眠性のある薬草を練り込んだ餌を差し入れてもらっていた。これを食べた大抵の犬は眠るが、眠らないまでも五感の働きが鈍るという。

猟師や旅人は、山里などで野犬の群れに遭遇した時、それを撒《ま》いて食べさせて追撃を逃れるという。

「それはわしも使ったことがある」

得たりや応とばかりに半蔵は応じた。

「わしは若い頃から犬と生きてきたでな、犬に近づいてもあまり吠えられんのだが。よし、犬どもを眠らせてくるだ」

半蔵が餌袋を下げ、弓矢を身につけて闇の中に消えると、皆は三々五々、岩陰などに毛皮を敷いて、もたれるように腰を下した。

幸四郎だけはずっと遠眼鏡で下の様子を探り続けていた。

山に入ってから三日め、すでに闇に目が馴れてきて、三日月の淡い月明かりでも、ある程度見えるようになっている。半蔵が下の敵陣に潜入しても騒ぎが起こる気配はないことを確認し、やっと遠眼鏡を置いた。

地べたに置いた龕灯の灯りで、荒戸は髭をあたっていたし、儀三郎は銃の手入れに余念がない。

「ここを発つ時は、水以外のあらかたの物を置いて行く。残りの食料を、今のうちに腹に入れておけ」

彦次郎がいたら茶を沸かしてくれるかな、という思いを打ち消すように幸四郎は言った。

「ときに荒戸どの、久留津とはどういう因縁なのだ」

荒戸は灯りの中で幸四郎を見た。

「わしか？　わしは……」

荒戸は息を吸い、おもむろに答えた。

「久留津の同僚だった。あれが城中で殺傷事件を起こした時、近くの座敷におって真っ先に飛び出した」

かれはその時、事情も知らぬまま無条件に久留津を庇い、その逃亡に手を貸したという。重役からの吟味にも、嘘の証言をしたのである。

後にそれがばれて改易となり、城を追われた。

妻とは離縁し、自らは久留津を慕って、逗留が噂されるコタンを訪ねたのだが会えなかった。ともかく久留津に会おうと、その隠れ家を探し回った。

「ようやく出会えたと思ったら、久留津は、和人はいっさい信じない、恐しい狂人となり果てていた。やつは、帰れとほざき、あげくに刀を振り回す始末で……。わしを脅して左腕を傷つけた。その養生が悪くて患部が腐り、今はこのザマだ。わしは裏切られた。かくなる上はやつをこの手で討とうと、ずっとつけ狙ってきた。それ以外にはもう、何も望みはない」

「………」

幸四郎は、言葉もなくじっと荒戸を透かし見た。

久留津の発する光はどこかで乱反射を起こし、このような忠実な友まで、いびつに映し出すのだろうか。

「支倉どの、おぬしは、奉行所のお役人であろう」

荒戸は不意に言った。かれもまた幸四郎を見透かしていた。

「久留津を討つのは、御上意か」

「…………」

それには答えず、幸四郎は遠眼鏡を抱え直した。

「出掛けるにはまだ間がある、皆少し仮眠してはどうか」

遠眼鏡で下の様子を窺いながら、考え続けた。

どう乗り込んだらいいのか。どうすれば犠牲者を出さず、久留津一人を仕留められるか。仕留めた後はどのようにこの敵陣から逃れるのか……。臨機応変の対処しか今のところ策はなく、考えれば喉がからからに乾いてくる。

ふと気がつくと、少し離れた所で誰かが火を熾している。その透明な灯りの中で、男は顔を上げこちらを見た。

「お頭、お茶をいれますか」

そう言ったように思った。

「彦次……」

叫んで身を起こしたが、そこには闇が溜まっていて、火などあるはずもない。

幻影か……そうと知りつつなお諦めきれず、茫然と目をこらしていると、静けさを破って半蔵の声がした。

「戻ったか」

「うまくいっただ、お頭。犬どもはもうすぐ吠えなくなる」

耳を澄ますと、確かに犬の吠え声は少なくなっている。

「それと、ほうき星は六角堂に引き揚げたでな。外には若いやつらが十人ばかり、呑んでおった。交替で不寝番だろう。あとの連中はそれぞれ小屋に戻って、寝支度しておっただ」

「ご苦労だった。六角堂の場所は分かるか」

「それがどうも見当がつかんのだ。どうやら林の奥の切り立った崖の下あたりらしいから、背後からの奇襲は、無理だろう、まだ潜入するのは早い。いま少し待ったほうがいいだ」

「支倉どの、今度はわしを行かせてくれ」

荒戸が乗り出すように言った。皆は暗い闇の中に集まり、いつのまにか車座になっていた。

「わしは以前、ここに来たことがあるのだ。六角堂に入らぬまま、追い返されたが、およその見当はついておる。入り口までの行き方、見張り、鍵がどうなっているか見届けてこよう」

「ふむ……」

幸四郎は腕を組んで何とも答えない。荒戸をどこまで信用していいか、いま一つ自信が持てなかった。

「お頭、おれが行く」

巴が思い切ったように言い出した。

「おれなら、見つかってもたいしたことにはならない」

「いや、ごぜはまずいです」

即座に儀三郎が反対し、荒戸に自分がついて行くのはどうか、と言い出した。

「自分は身が軽いんで、荒戸どのを補佐したい」

「しかし馬方、何かあっても、自慢のミニエー銃は使えないぞ」

巴が反論した。

「おれは矢が得意だし、アイヌ語が話せる。敵陣の探索のために、おれは呼ばれたんじゃないのか」

「ふむ……」

幸四郎は唸った。巴は危険だという思いは、皆と同じだった。いつ寝返って、好きな男の関心を買おうとしないとも限らない。

一瞬、目を閉じて精神を集中した。だが長く思案する必要はなかった。いつの場合も、直観の命じるままに決断するのが最上である。

「よし、巴、お前が行け」

目を開くとそう言っていた。

三人の男達に、動揺が走った。

「お頭、そりゃァまずいでねえか」

半蔵が片目を闇の中にぎらつかせた。

「ごぜは二度、戦線離脱した女だ。三度めということがあるだ。ここは勝手を知った荒戸どのに任せるのがいいと思う。馬方かわしを補佐にさせてくれ」

「いや」

幸四郎は言った。

「もし罠があった場合、何とする。万一のことがあっても、この巴なら、久留津つながりで何とか切り抜けられよう」

奉行に逆らって巴を連れてきたのは、このためではないか。

巴は、自らの操を護るために、一人の男を殺めた女である。一般商店の下女であれば、番頭や主人の慰みものになるのは当たり前という。いい小遣い稼ぎになると、それに甘んじる女も少なくない、とも聞いている。

だが身を挺し、殺人という大罪を犯してまでそれに抵抗した巴を、幸四郎は密かに心頼もしく感じていた。そのまっすぐな心、命と引き換えの誇りは、信じられるのではないか。

「巴、お前が行け」

幸四郎は言った。

「われらも追ってここを下り、この下の杉の木の陰で待機している。六角堂の状況を確認したら、すぐに崖沿いにこの遠眼鏡で見える辺りまで戻り、前進か、後退か、仕草で示すのだ」

「お頭、感謝する」

「しかし四半刻ほど待っても現れなければ、われらはひとまず後退する」

十六

近くの原始林でフクロウが鳴き、遠くでケモノの吠え声がする。

大千軒岳から押し寄せる冷たい夜気が、周囲をみっしりと満たしていた。それは密度が濃く、木々の匂い、土の匂いをとっぷり溶かした上に、川の匂いまで含んでいる。

四人は、樹下の藪に潜み、一か所に固まって身を伏せていた。

幸四郎は遠眼鏡を目に押し当てている左手と、懐のS&W32口径を押さえる右手が、じっとり汗ばんでくるのを感じた。

「まだ見えないだか、お頭……」

半蔵が声をかけてくる。

「まだだ……長過ぎるな」

「いんや、クマが出てくるのを待つ気分だ。ワクワクするだ」

「任務を終えたら、またクマ撃ちですか」

儀三郎が言う。

「お前さんが馬の元に戻るようにな」

遠眼鏡の輪の中に、ふと動くものが見えた。

巴が崖沿いに現れ、来いというように手招きしている。幸四郎はその前後に遠眼鏡を動かし、異常がないことを確かめた。

「よし、行くぞ」

低く言い、遠眼鏡を背中に背負う。

それッ……の掛け声と共に腰を低めて、真っ先に藪を飛び出した。

他の三人が続き、先頭をきる幸四郎を庇うように、半蔵が追い抜いた。かれは大柄な体に似合わず足が早く、敏捷だった。

だが崖に沿って数間も走らぬ辺りで、その半蔵がのけぞるように身を崩した。目の前を、ヒュッヒュッと唸りを上げて何本かの矢が横切った。

「攻撃だ、伏せろ！」

身の毛のよだつ思いで伏せ、倒れた半蔵のもとに這って行く。

「独眼、どうした！」

首のあたりに矢が刺さっており、半蔵はそれを自ら抜き放って、呻くように言った。

「お頭、大丈夫、毒矢じゃないだ」

「よし、皆で助ける、死ぬなよ！」

幸四郎は矢の飛んで来る方角を見やった。右手奥にある猟師小屋の窓から、矢は射掛けられてくるようだ。不寝番は篝火を囲んでいる若者ではなく、小屋に引き揚げた連中だったのか。

「儀三郎、ミニエーの出番だ、掩護しろ！」

今銃を使えば、自分らの侵入を知らせ、酔い痴れて眠りについた者まで覚醒させてしまうだろう。

だがここはアイヌを遠ざけ、進むしかない。

「独眼をあの岩場まで運ぶ、荒戸どの、肩を貸せ」

背後に伏せている儀三郎の手元から、ミニエー銃が初めて火を噴いた。威嚇のために、儀三郎はやや高い位置めがけて、十数発を続けて撃ちまくった。

相手が怯んだ隙に、幸四郎と荒戸が大柄な半蔵を両方から肩で担ぎ、危険地域を突破した。幸四郎はその間も、右手で短銃を猟師小屋の窓に撃ち込み続けた。

矢の雨はピタリと止まり、小屋の中はしんと静まった。凄まじい銃声が夜の静寂を破り、火縄銃しか経験したことのないかれらを震え上がらせ、黙らせたのだ。

幸四郎らは、少し先の岩場の陰に半蔵を運び込んだ。荒戸の掲げる龕灯の明かりの中で、傷痕に懸命に薬を塗り込んだ。半蔵は痛みを堪え、声も上げなかった。

「独眼、大丈夫か！」

一足遅れて飛び込んできた儀三郎が、とりすがった。

「……まだ死んじゃいねえさ」

「あんたみたい業突張《ごうつくば》りが、そう簡単に死ぬもんか」

「当たり前《めえ》だ、このひょうろく玉が生きてる限り、死ねねえや……」

「独眼、しっかりしろ、こんな目に遭わせてすまない」

幸四郎がとりすがり、その手を取った。

「何言うだ、支倉の旦那、あんたは若えがいいお頭だ」

半蔵は幸四郎の手を握り返した。

「面白かった。わしゃァ、あの人食いクマ倒して、大満足だで……あんたのおかげだ」

「独眼……」

「わしに構うな、進むんだ……」

幸四郎はすばやく弾倉を交換して、立ち上がる。

「よし、先に進む。後で迎えに来るから、ここを動くな」

「来んでええ」

半蔵が言った。

「自分のことは自分で始末するだ」

言いざま、半蔵は腰の山刀を抜くや、渾身の力をふるってその刃の上にのしかかった。

「ああっ、な、な、何てことを……！」

皮肉屋の儀三郎が悲鳴を上げ、その目に涙がほとばしった。

「目を開け、独眼、もう片目があるだろう！」

儀三郎はとりすがって、号泣した。

半蔵はまだ息があった。幸四郎は夢中で仰向けにし、命を甦らせようとするごとく、竹筒の水を呑ました。

半蔵は一口うまそうに呑み下し、満足げに頷いて、夜空を仰いだ。その目は再び閉じることはなかった。

古めかしい兜と胴着を付けた荒戸が、先頭に立った。

かれは大体の位置を知っているらしく、迷うことなく暗い林の中を走った。

幸四郎は走りながら、自問自答の嵐の中にいた。

（巴のやつ、どうしたのだ。やっぱり裏切ったか？　半蔵の死はお前のせいか？）

チッ……と万感をこめた舌打ちが、何度も口から漏れた。自分はただのお人好しの、夢想家だった。

闇の中に半蔵を横たえ、念仏を唱えただけの弔いだった。初めて腹の底で怒りが爆発するのを感じた。

怒りは巴とほうき星に向けられた。アイヌの民を手足のごとく使い、彦次郎と半蔵の命を奪ったお前らを、自分は生かしておかぬ。たとえ相討ちになっても、お前らを殺すまで、自分は戦う……。


荒戸が止まったのは、お堂などではなく、廃屋めいた建物の前だった。

暗い中では、何のために建てられた小屋か見当もつかないが、複数の部屋がありそうに大きく見えた。

「ここからやつが出てくるのを見たことがある。六角堂は、この奥にあるんじゃないかと思う」

荒戸は興奮した声で言い、背後を省みた。

建物のはるか背後には切り立った崖が黒々と迫り、廃屋めいた建物はそのスレスレまで伸びているようだ。

まじまじと見上げていた儀三郎が、ふと言った。

「お頭、あの崖、何かに見えませんか」

それはお堂には見えないが、六角形の半分のような形をしている。

「誰も入ったことのない六角堂とは、あの崖ではないですか。あの中が洞窟か何かになっているとか……」

「うむ、言われてみれば……」

なるほどと幸四郎は思ったが、確かめに行くのは不可能だ。

建物を取り巻く林の中に、じわじわと黒い影が隠れ潜み、遠巻きに取り囲んでいるのが分かった。アイヌたちだ。銃に怯えて近寄っては来ないが、手に手に弓矢を持っている。

久留津の指図一つで、どうにでも動くだろう。

「よし、中に入るぞ」

幸四郎が短銃を構えて合図し、荒戸が引き戸を開いた。

鍵はかかっておらず、闇の溜まった土間はカビ臭い匂いもしない。荒れている割には、よく使われているようだ。

龕灯で中を照らすまでもなく、奥に続く廊下の角に吊り燭台が掛けられ、仄かな明かりを放っている。

三人は土足のまま、それぞれ銃を構えて上がった。

吊り燭台は角ごとに掛けられており、それを追うように幾つかの引き戸を開閉し、人けのない部屋に沿う廊下を曲がった。最後に厳重な鉄扉に突きあたった。

そっと把手《とって》を回すと、鍵はかかっていなかった。銃を構え、そろそろと押して入ってみて、三人は息を呑んだ。

そこは十畳はありそうな広い板敷きの間で、周囲は六角形になっている。あの崖の中にあるらしく、ひんやりしていたが、壁は板張り、天井は格《ごう》天井で、贅沢な造りだった。

正面に祭壇があり、数本の大きな蠟燭《ろうそく》が揺らめいて、お堂の中をあかあかと照らしている。どこかに空気穴があるらしく、炎は微かに揺らめき、空気は清らかで線香の匂いがした。

出入り口はこの重い扉と、横にもう一つ格子戸があるようだ。

太古からの自然洞窟なのか、二百年前にこの辺りに金山番所が置かれた時代、金の採掘のために穿《うが》たれた洞穴なのか。

それをうまく利用して、お堂のようにしつらえたものだろう。

三人が茫然と突っ立っていると、カラカラと横の格子戸が開いた。

はっと身構えると、現れたのは巴である。両手を後ろ手に縛り上げられていて、一つに束ねた髪が乱れていた。

それに続いて入ってきたのが、巴の縄の端を持った男だった。

六尺豊かな大男で、長身を屈めるようにして格子戸をくぐり、そこに立ち止まって一同を見回した。

幸四郎は、懐の短銃にそっと手を伸ばしていた。

「おのおの方、まずは武器を捨てられよ」

男は一歩も動かずに、よく響く声で言った。

言った時には電光石火で巴を引き寄せ、その首に短刀を突きつけていた。

幸四郎は凍りついた。一瞬の好機が、失われたのである。男が、巴と離れていた時が、絶好の狙い目だった。

いや、今も、この久留津であろう男を撃ち、この困難な任務を完了することは可能だった。

だがそれは、巴の命と引き換えになる。

幸四郎は潔《いさぎよ》く短銃を床に置いて、他の二人に命じた。

「皆、銃を置け」

「お頭……」

巴の不手際のおかげで半蔵を失ったのだ、今さら何を庇う……という怒りがその儀三郎の声に滲んでいた。

「言う通りにするのだ」

幸四郎は繰り返し、儀三郎は銃を置いた。しぶしぶという感じで荒戸がそれに続いた。

するとすぐに濃い髭を生やした、いかにも精悍なアイヌの若者がどこからともなく走り出てきた。かれはそれらを拾い集め、幸四郎と荒戸の腰から刀までも抜き取って、祭壇の前にドサリと置いた。

「よし、ご苦労。そなたはここを出て、入り口を見張れ。誰も入れてはならぬぞ。和人の問題に、手出しは無用だ」

男はゆったりと言い、巴を促して祭壇の前に進んだ。

十七

「さて、まずはくつろいでくれ。私が久留津だ」

祭壇の前に、巴と並んで胡座をかいて座ると、男は言った。

黒い作務衣《さむえ》に、クマの毛皮の袖なし胴着を羽織り、髪は総髪にして一つに束ねている。切れ長な目は茫洋とした柔らかい光を湛え、さほどの怪物にも見えない。

三人はやや離れて胡座をかいた。

「よくここまで無事に来られた。無駄な殺生は固く禁じておるのだが、若者はどうしても、不審者には武器を向けたがる」

久留津は、三人の真ん中にいる幸四郎に目を向けた
「そこもとが箱館奉行所の支倉幸四郎どのとお見受けしたが、相違ないか」

「いかにも奉行所の支倉だが、巴が喋ったか」

幸四郎は、忌々《いまいま》しさを滲ませて言った。

「いや、巴は何も答えてくれぬよ」

久留津は面長な端正な顔に、微かな笑みを浮かべた。

「だが巴の自供に頼らずとも、調べはつく。一昨日、松前藩の兵が舟隠し岩から上陸したという一報が入り、すぐ調べさせた。だがどうも藩兵らしくない。そこで、尾根越えであれば、必ず通るであろうドングリ林に二人の若者を張り込ませ、顔改めをさせてもらったのだ」

かれらの報告では、女が加わっているという。

その申し立ての風貌から、巴が浮かんだ。巴は番頭殺しの罪で奉行所の牢におり、刑の執行を待っているはずだった。

「……で、私はある推察をした。奉行所役人が、このコタン育ちの女囚に道案内させて、私の元へやってくるのではないかとな」

思い出話でも語るような、悠揚迫らぬ話しぶりだ。

「箱館奉行小出大和守の御名は、この草深い山中にも響いておる。配下には江戸から俊英を呼び集め、異国の襲来に備えていると……」

「………」

「顔改めで報告された指揮官の風貌から、私は、最も若い支倉幸四郎どのを考えたのだ。若くなければ、こんな山中には来れぬ。小出奉行は、よく分かっておいでだ」

幸四郎はこの分析に舌を巻いた。

おそらく久留津は、箱館奉行所に密偵を送り込み、その機構と役人について、相当量の資料を揃えているに違いない。

「しかし、一つ疑問がある。箱館奉行所は、松前藩とは違って、天下の正義を司どる所でござろう。昨年、イギリス人が、傍若無人にアイヌの墓から人骨を持ち去る事件が起こった時、小出奉行の対応は、実に見事なものだった。お奉行は、士道をむねとする幕臣の数少ない一人であろうと、それがし、心より感服致した。そのお奉行が、何故に松前藩に味方し、一下手人の討伐に加担するのであるかと……」

声の調子が、少し沈んだ。

「久留津一人すら押さえられぬ一藩のために、幕府が人材を消耗させては、ただの犬死でござらぬか。今の幕府には、もっと重大な国家の問題が生じておるのでは？」

幸四郎はすぐには反論出来なかった。

自分の考えていた領域へ、相手が踏み込んで来たのである。小出奉行への疑問、この任務への疑いを、巧みに相手は揺さぶったのだ。

だがともかくも、舌戦には負けられぬ。

「これはいかに」

幸四郎は即座に言い返していた。

「天下国家の問題に、人命は関わらぬと申されるか。奉行は松前藩に味方するものではござらぬが、臣を殺《あや》め、アイヌの民を煽動して一勢力をなすそなたを、幕府の根幹を揺るがす勢力と同根の者と見て、成敗を命じたのだ。そこに、何ら矛盾はないと存ずるが」

「なるほど」

久留津は鷹揚に頷いてみせ、静かに続けた。

「しかしおぬしらには大きな誤解がある。この久留津はアイヌに対し、何の勢力もなしてはおらぬ。特にこちらの荒戸どのは、そこがまだ分かっておらぬようだな。大千軒岳にアイヌの民を集め、松前藩に対抗する一大拠点を築こうなどという大それた妄想は、一人、荒戸どのの頭にあるのみだ。一度もそのように考えたことはない。あいにく私は、そんな大物ではないのだ」

「それは見方の問題でござろう。どう穏やかな集団でも、場合によっては危険きわまりない力になり得るのだ」

「そうかもしれぬ。確かに私は罪をなしたが、自分の掟に従ったまでのこと。それを糺すのであれば、いつでも首を差し出す覚悟はある。しかしその時は、そのような不祥事の土壌となった松前藩にもお咎めがあってしかるべきだろう。重役陣からも責任者を出せ、と私は何度も藩に申している。だが松前藩は、それには何の返答もなく、いきなり武装集団を送り込んできた。そのような理不尽な藩に、天下の奉行所が何ゆえお味方するか……」

「黙れ、久留津！　貴殿は一体何様であるか？」

突然、それまで黙って聞いていた荒戸が吠え立てた。

「何も成さず、こんな砦に籠って能書きばかりたれ、一体何を考えておるのか」

「よくぞ訊いてくれた、荒戸どの。その問いに喜んで答えよう、私は隠者になりたいのだ」

「おれを愚弄《ぐろう》する気か？」

「とんでもない！　私は真面目な人間だ。だからこんなことになったのではないか。今はまだ、アイヌの民に請われるまま知っていることを教えたいが、ゆくゆくは天文と共に生きたいと思っている。星と月の運行を調べつつ、人の世を静かに考えたい」

「人を惑わす妖怪めが！　松前藩を惑わし、アイヌを惑わし、今また甘言で奉行所衆を惑わすか。問答無用だ！」

言いざま立ち上がり、どこかに隠し持っていた小刀を片手に構え、久留津に突きかかっていった。

だが久留津の動きは一瞬早かった。巴に突きつけていた短刀を、やおら荒戸めがけて放ったのである。それは荒戸の胸を直撃し、荒戸は叫び声を上げてのけぞった。

幸四郎と儀三郎は飛び退いて構えたが、久留津はすでに懐から短銃を出しており、油断なく二人に向けていた。

蠟燭の炎が大きく揺れ、穏やかに見えていた平静な久留津の顔に、魔が走った。

荒戸の悲鳴を聞いて、先ほどのアイヌ青年が飛び込んで来た。声の主が久留津ではないと知って、かれは安心したように肩をすくめた。

「急所は外れている、母屋に運んで手当してやれ」

久留津が静かに言った。青年が荒戸を引きずって出て行くと、久留津は立ったままで穏やか言った。

「荒戸どのは、蝦夷に一大アイヌ王国を作ろうと考え、大千軒に馳せ参じた御仁だ。今の世には、希有《けう》な、得難い者と思う。だが和人が作る王国では意味がないから、私は断り、決闘になった。それで怪我をしたのを根に持って、長くつけ狙っていたのだ」

聞きながら幸四郎は、懸命に頭を巡らしていた。

座して待つのを潔しとせず、討って出た荒戸はやはり立派だと思った。自分は一体どうすればいいのか。

とその時、先ほどから座ったまま放心していたかに見えた巴が、モゾモゾと足腰を動かし始めたのだ。

おや、と幸四郎は思ったが、ただの〝身じろぎ〟だろうと考えた。ずっと後ろ手に縛られて胡座をかいていたのだから、足も痛くなるだろうと。

「ま、ともかくご両人、いま少し座られよ」

久留津は自ら腰を下ろし、立ったままの幸四郎に銃を向けて促した。

言われるまま幸四郎が腰を屈めたその時、巴が動いた。

すでに胡座を崩していた巴は、やおら後ろを振り向き右足を大きく伸ばして、背後にあった幸四郎の刀を、思い切りよく幸四郎めがけて蹴ったのである。

おそらく荒戸が打ちかかった時、背後を見て、幸四郎の刀が意外に近くにあることに気づいたのだろう。

まだ腰を下していなかった幸四郎は、それに飛びついた。

久留津はさすがに驚いたようだが、少しも慌てず、銃を構えた。刀より、銃の攻撃力が勝っているのを知り抜いており、幸四郎に狙いを定めて引き金を引いたのだった。

ズドン……！

胸の底を揺する重底音……、トウッという裂帛《れっぱく》の気合いをこめた掛け声……、複数の悲鳴が交錯した。

まるで崖が崩れるほどに堂の中は揺れ、明かりがうねり揺らめき、白煙が上がっていた。

白煙の中で儀三郎が、放心したように虚ろに宙を見ていた。何が起こったか、すべてをこの若者が、見届けていた。

久留津が引き金を引く直前、銃口の前に飛び出した者がいたのだ。

巴である。そうと知っても、久留津はもはや指を止めることは出来ず、弾丸は巴の胸の辺りを貫通した。

「巴！」

一瞬かれは何が起こったか理解しようとするように、そう叫んだが、その時には刺客幸四郎が斬り込んでいた。

幸四郎は、巴からの〝贈り物〟を受け取るや、刀を鞘から抜き放ちつつ、二間ほどの距離を久留津の首めがけて飛んだ。

「上意にござる、許されよ！」

急所は狙い違わず、久留津は腰を落とし、がっくりと頭《こうべ》を垂れた。かれが崩れ墜ちた床には巴が倒れており、その上に折り重なった久留津は、巴の肩を抱いているように見えた。

にわかに血の匂いがたちこめ、噴き出した血が辺りを朱に染めた。

幸四郎は刀を下げたまま、この修羅場に立ち尽くしていた。倒れた二人から、目を離すことが出来なかった。

巴の掩護がなければ、確実に自分は撃たれていた。

初めから巴は、このように目論《もくろ》んでの参加ではなかったか。つまり初めから、死ぬつもりだったのだ。

だから、恐れ気もなく敵陣に単身乗り込み、久留津の在室を確かめ、一行を呼び寄せたのだろう。

うつぶせになっている巴は、首をわずかにねじ曲げて、横顔を見せている。その顔は微笑んでいるように見え、笑顔を初めて見た幸四郎は、巴が美人であることに気づかされた。

お堂には、この光景に呪縛《じゅばく》されて動けない者があと二人いた。

片足立ちのままの儀三郎と、銃声に驚いて飛んで来て突っ立ったままのアイヌ青年と。二人もまた息を呑んで、彫像になったようにこの光景を眺めていた。

苦しげだった久留津の呼吸が間遠になっていき、やがて恐ろしいほどの静寂が戻るまで、どれほどの時がたったことか。

静寂の中に、犬の遠吠えやフクロウの鳴き声が聞こえ始め、幸四郎はやっと全身から力が抜けていくのを感じた。

大きく息を吸い、深く深く吐き出し、そして思った。

ほうき星が流れた……と。

エピローグ

「……ご苦労であった」

小出奉行は、静かにねぎらった。

目の前で畏まっている支倉幸四郎は、日焼けし、痩せて、顎が三角形に尖って見えている。そんな幸四郎を見据えて、奉行はさらに言った。

「膝を崩せ」

「支倉ほか一名、昨夜帰宅致しました」

それについては昨夜、奉行宅に使いを出し、任務完了を報告してあった。

身仕舞を整え追って参上するつもりだったが、〝今夜はゆっくり休み明朝四つ（十時）に出庁せよ〟との小出の命《めい》に従ったのである。

帰路は雨だった。死者を悼《いた》むように、霧のような雨が降り続いた。知内川を下り、雨で手間取りつつも知内港まで出て、ここ数日は夕刻に必ず船影を見せることになっている官船を沖合にとらえ、合図を送って拾ってもらった。

五稜郭に帰りついたのは、四月六日夜だった。

「支倉隊は、大千軒岳六合目の〝六角堂〟なる隠れ家にて、目的を遂行致しました。久留津どのは、立派な御最期でありました」

「うむ」

「しかしながら……」

幸四郎は咳払いをして続けた。

「支倉隊五人のうち、われらをよく導いた蒲原彦次郎、大クマを仕留めて皆を守った猟師半蔵、身をもって久留津の弾を防いだ女囚巴……の三名を失い、小野儀三郎と支倉の二人だけの帰還になったことを、深くお詫び申しあげます」

一気に言った。

途中で加わった荒戸は、重傷のため置いて来るしかなかった。

ただ六角堂にいたアイヌ青年が久留津の言いつけを忠実に守り、幸四郎らを密かに裏口から外に導いたおかげで、ことなきを得た。

あの六角堂は、出入り口が二つある洞窟に嵌めて造られており、横の格子戸を出ると、すぐ下を知内川が蛇行していたのである。

「難儀な任務を、よくこらえた」

奉行は頷いて言った。

「亡くなった者については、手厚く処置するように。報告書は早めに提出せよ、詳細を知りたい」

「はっ」

「もう一つ、伝えることがある」

しばらく沈黙してから、奉行は口調を改めておもむろに言った。

「私は江戸に帰ることになった」

「えっ?」

雷に打たれたような衝撃が走った。

「お役替え……でありますか?」

「そうだ。引き継ぎであとしばらくは箱館に留まるが、次の奉行杉浦《すぎうら》兵庫頭《ひょうごのかみ》どのは、今月半ばには来られよう。そなたの帰りを急がせたのも、そのためだった」

「それはまた……」

あまりに突然のお役替えではないか。

いや、主命はもっと早くに下っていたが、差し障りを考えて、深く秘していたに違いない。

そう考えると、思い当たることが多かった。

小出は、大千軒岳を放置したままで帰るつもりはなく、自らが箱館奉行でいるうち、処理しておきたかったのだ。

その難かしい任務に幸四郎を当てたのも、分からぬではない。

この夏に予定される長州との決戦は、天下分け目の戦になろう。幕軍が敗《ま》ければ、いずれは箱館にも戦が及びかねない。そんな不穏な情勢を見据え、後顧《こうこ》の憂いを排除し、加えて今なお甘さの残る幸四郎を、指揮官として鍛えておきたかった……と推察されるのである。

冷徹な官僚として反発したことが嘘のように、今の幸四郎にはこの小出が懐かしく、得難い上司に感じられるのだった。

(この奉行の下で、自分はもっと鍛えられたかった)

そう思った時、突然ハラハラ……と落涙を覚えた。

小出への惜別の情に加えて、自分を支えて逝《い》った者たちへの尽きせぬ哀惜が重なり、見苦しくも幸四郎はせき上げる涙を押さえられなかった。

あとがき

幕末箱館の「ヒーロー」と「普通の人々」

幕末の箱館で活躍した人として、今も必ず上げられる人気ナンバーワンは、土方歳《ひじかたとし》三《ぞう》のようである。

この新撰組《しんせんぐみ》副長はたしかに魅力ある人物に違いないが、では土方が「箱館のために一体何をしたか」と問えば、どんな答えになるだろう。

箱館を火の海にして破壊した人……という答えがつい浮かんで来てしまうのだけど、ヒーローとは必ずしも、数々の秘策を掲げて幕末史に貢献した坂本《さかもと》龍馬《りょうま》のような人物ばかりが、なれるわけではないのも確かのようだ。

破滅に突き進むばかりに見える剣士土方が、混乱期の負の情念を吸い上げて大衆的人気を博してしまうところが、歴史の面白いところと思う。

ただ、『箱館奉行所始末』を第三巻まで書いてきて、人口二千だった静かな海峡の町が開港地となり、アタフタと異人が往来して、国際文明都市の体裁を整えていくプロセスに、隠れた多くのヒーローの存在を想像せざるを得ないのである。

幕末、箱館奉行所に江戸幕府から送り込まれた奉行たちは、今でいうエース級のエリートばかりだったが、どの人物もヒーローどころか、おそろしく知名度が低いことに驚かされる。

その最大の理由の一つは、エゾ地という〝番外地〟での話だったことだが、もう一つ、幕府の官僚だったことが上げられよう。

官僚は、職務を全うしてなんぼのもの。その上、徳川幕府という絶滅寸前のシーラカンスを守る幕臣には、どうしても時代に逆行する悪役のイメージがつきまとい、とりたてて上げもされなかったように思う。

だが実際には、安閑として維新を迎えた腐れ旗本がいた一方で、巨大組織の末端で否応なく時代の波に向き合い、与えられたポストで奮闘努力し、運命的な最期を迎えた幕臣も少なくなかったのだ。

あまり知られざる箱館の幕末史、それはヒーローではない無名の幕臣たちの激闘の歴史、と言うことも出来る。

歴代奉行のなかで、私は五稜郭誕生に立ち会った小出大和守を取り上げたが、かれはロシアの侵略からカラフトを守るため切歯扼腕《せっしやくわん》し、ついに遣露使節としてロシアに渡る。そしてその後、思いがけぬ悲運に見舞われることになるのだが、それはおいおい触れていくとして……。

小出と交替し、支倉幸四郎の次の上司になる杉浦兵庫頭は、〝最後の箱館奉行〟である。だが、幕末から維新への激動のなかで、かれは一体どんな流儀をもって箱館奉行所の歴史に終止符を打ったのか、それもあまり知られていないようだ。

箱館にはこの後、幕末のヒーローである榎本武揚《えのもとたけあき》や土方歳三が、次々と乗り込んで来る。それを追ってやがて官軍が怒濤《どとう》のように上陸し、営々と築かれてきたこの美しい町は火の海となる。

こうした圧倒的な時代の波に洗われつつ、幸四郎をはじめ、「普通の人々」はどう身を処したのか。そんなもう一つの幕末史に興味しんしんで、さらに書いてみたいと思う。

次巻もお読みいただけたら幸いです。

森真沙子

時代小説

二見時代小説文庫

密命狩《みつめいが》り　箱館奉行所始末《はこだてぶぎょうしょしまつ》3

著者　森《もり》　真沙子《まさこ》

発行所　株式会社　二見書房
東京都千代田区三崎町二－一八－一一
電話　〇三－三五一五－二三一一［営業］
〇三－三五一五－二三一三［編集］
振替　〇〇一七〇－四－二六三九

印刷　株式会社　堀内印刷所
製本　ナショナル製本協同組合

落丁・乱丁本はお取り替えいたします。
定価は、カバーに表示してあります。

©M. Mori 2014, Printed in Japan.
ISBN978－4－576－14146－6
http://www.futami.co.jp/

箱館奉行所始末　異人館の犯罪

森 真沙子［著］

元治元年（1864年）、支倉幸四郎は箱館奉行所調役として五稜郭へ赴任した。異国情緒溢れる街は犯罪の巣でもあった！　幕末秘史を駆使して描く新シリーズ第1弾！

小出《こいで》大和守《やまとのかみ》の秘命　箱館奉行所始末2

森 真沙子［著］

慶応二年一月八日未明。七年の歳月をかけた日本初の洋式城塞五稜郭。その庫が炎上した。一体、誰が？　何の目的で？　調役、支倉幸四郎の密かな探索が始まった！

公事宿《くじやど》 裏始末1　火車《かしゃ》廻る

氷月 葵［著］

理不尽に父母の命を断たれ、江戸に逃れた若き剣士は、庶民の訴訟を扱う公事宿で、絶望の淵から浮かび上がる。人として生きるために……。新シリーズ第1弾！

公事宿 裏始末2　気炎《きえん》立つ

氷月 葵［著］

江戸の公事宿で、悪を挫き庶民を救う手助けをすることになった数馬。そんな折、金持ちしか相手にせぬ悪名高い四枚《しまい》肩の医者にからむ公事が舞い込んで……。

公事宿 裏始末3　濡れ衣奉行

氷月 葵［著］

材木石奉行の一人娘・綾音は、父の冤罪を晴らさんと、公事師らと立ち上がる。牢内の父から極秘の伝言は、濡れ衣を晴らす鍵なのか⁉ 大好評シリーズ第3弾！

公事宿 裏始末4　孤月の剣

氷月 葵［著］

十九年前に赤子で売られた長七は父を求めて、十五年前に十歳で売られた友吉は弟妹を求めて、公事師らと共に闘う。俺たちゃ公事師、悪い奴らは地獄に送る！

二見時代小説文庫

夜逃げ若殿 捕物噺 夢千両 すご腕始末
聖 龍人［著］
御三卿ゆかりの姫との祝言を前に、江戸下屋敷から逃げ出した稲月千太郎。黒縮緬の羽織に朱鞘の大小、骨董目利きの才と剣の腕で江戸の難事件解決に挑む！

夢の手ほどき 夜逃げ若殿 捕物噺2
聖 龍人［著］
稲月三万五千石の千太郎君、故あって江戸下屋敷を出奔。骨董商・片岡屋に居候して山之宿の弥市親分とともに謎解きの才と秘剣で大活躍！ 大好評シリーズ第2弾

姫さま同心 夜逃げ若殿 捕物噺3
聖 龍人［著］
若殿の許婚・由布姫は邸を抜け出て悪人退治。稲月三万五千石の千太郎君との祝言までの日々を楽しむべく、江戸の町に出た由布姫が、事件に巻き込まれた！

妖《あや》かし始末 夜逃げ若殿 捕物噺4
聖 龍人［著］
じゃじゃ馬姫と夜逃げ若殿、許婚どうしが身分を隠して、お互いの正体を知らぬまま奇想天外な事件の謎解きに挑む。意気投合しているうちに…好評第4弾！

姫は看板娘 夜逃げ若殿 捕物噺5
聖 龍人［著］
じゃじゃ馬姫と名高い由布姫は、お忍びで江戸の町に出て会った高貴な佇まいの侍・千太郎に一目惚れ。探索に協力してなんと水茶屋の茶屋娘に！ シリーズ第5弾

贋若殿の怪 夜逃げ若殿 捕物噺6
聖 龍人［著］
江戸にてお忍び中の三万五千石の千太郎君の前に現れた、その名を騙る贋者。不敵な贋者の真の狙いとは!? 許嫁の由布姫は果たして…。大人気シリーズ第6弾

二見時代小説文庫

花瓶の仇討ち　夜逃げ若殿 捕物噺7

聖龍人［著］

骨董目利きの才と剣の腕で、弥市親分の捕物を助けて江戸の難事件を解決している千太郎。許嫁の由布姫も事件の謎解きに、健気に大胆に協力する！ シリーズ第7弾

お化け指南　夜逃げ若殿 捕物噺8

聖龍人［著］

三万五千石の夜逃げ若殿、骨董目利きの才と剣の腕で江戸の難事件に挑むものの今度ばかりは勝手が違う！ 謎解きの鍵は茶屋娘の胸に!? 大人気シリーズ第8弾！

笑う永代橋　夜逃げ若殿 捕物噺9

聖龍人［著］

田安家ゆかりの由布姫が、なんと十手を預けられた！ 江戸下屋敷から逃げ出した三万五千石の夜逃げ若殿と摩訶不思議な事件を追う！ 大人気シリーズ第9弾！

悪魔の囁き　夜逃げ若殿 捕物噺10

聖龍人［著］

事件を起こす咎人《とがびと》は悪人ばかりとは限らない。夜逃げ若殿千太郎君《ぎみ》は由布姫と難事件の謎解きの日々だが、ここにきて事件の陰で戦《おのの》く咎人の悩みを知って……。

牝狐《めぎつね》の夏　夜逃げ若殿 捕物噺11

聖龍人［著］

大店の蔵に男が立てこもり奇怪な事件が起こった！ 一見単純そうな事件の底に、一筋縄では解けぬ謎が潜む。千太郎君と由布姫、弥市親分は絡まる糸に天手古舞《てんてこまい》！

提灯《ちょうちん》殺人事件　夜逃げ若殿 捕物噺12

聖龍人［著］

提灯が一人歩きする夜、男が殺され埋葬された。その墓が暴かれて……。江戸じゅうを騒がせている奇想天外な事件の謎を解く！ 大人気シリーズ、第12弾！